PABLO NERUDA PARA NIÑOS

Colección Alba y Mayo. Serie Poesía, N.º 32

FICHA BIBLIOGRÁFICA

NERUDA, Pablo

 Pablo Neruda para niños / edición preparada por Isabel Córdova Rosas; dibujos de Álvaro La Rosa - 2.ª ed. - Madrid: Ediciones de la Torre, 1996. - 126 pp.; 15 × 21 cm. - (Colección Alba y Mayo. Serie Poesía; n.º 32). D. L.: M. 12.911-1996 - ISBN: 84-86587-30-1).

 I. Córdova Rosas, Isabel, ed. lit. II. La Rosa, Álvaro, il. III. Título. 087.5.860-1» 19».

PABLO NERUDA PARA NIÑOS

Edición preparada por
Isabel Córdova Rosas

Ilustraciones de
Álvaro La Rosa

Segunda edición

EDICIONES DE LA TORRE
MADRID, 1996

Isabel Córdova Rosas, escritora peruana, reside en Madrid desde 1986. Hizo sus estudios de doctorado en Filología Hispánica, Antropología Social e Historia de América en la Universidad Complutense de Madrid. Fue directora del Instituto Nacional de Cultura de Junín y profesora de la Universidad Nacional del Centro del Perú, donde dirigió la revista *Comunicación*. Actualmente edita la gaceta literaria *Correo de América*. En el Perú ha publicado los siguientes libros: *Literatura peruana e hispanoamericana* (1971), *Cómo se desarrolla el periodismo escolar* (1972 y 1985), *Antología de la narrativa de Junín* (1974), *Antología de la literatura peruana* (1977), *Narradores de Junín* (1979), *La nueva literatura peruana* (1982), *El diablo en la ideología del mundo andino* (1986); y en España además de *Pablo Neruda para niños: Pirulí* (1991), *Ada nunca tiene miedo* (1992), *El zoo de verano* (1993), *Tinko y Gabi en el Amazonas* (1995) y *Manolo y el delfín rosa* (1996).

Álvaro La Rosa Talleri, artista plástico peruano ha ganado varios premios y radica en Madrid desde 1982. Ha realizado exposiciones individuales y colectivas de sus pinturas, esculturas y dibujos en España, Estados Unidos, Perú y Bélgica. Sus obras se encuentran, también, en Puerto Rico, Colombia, Santo Domingo, Ecuador y México.

© Pablo Neruda y Fundación Pablo Neruda
© De esta edición: EDICIONES DE LA TORRE
 Espronceda, 20 - 28003 Madrid
 Tel.: 442 77 93 Fax: 442 59 40
 Primera edición: abril de 1988
 Segunda edición: abril de 1996
 ISBN: 84-86587-30-1
 D. L.: M. 12.911-1996
 Impreso en España / *Printed in Spain*
 Imprime Gráficas Cofás
 Polígono Prado de Regordoño
 Móstoles (Madrid)

INTRODUCCIÓN

A D. Luis Sáinz de Medrano

Amado y discutido, el poeta Pablo Neruda cruzó los siete mares y vivió cien aventuras. Desde Java y sus volcanes despiertos hasta casi tocar el cielo en las alturas de Machu-Picchu; del perfumado bosque chileno de la frontera a los deslumbrantes palacios de Estocolmo y Moscú en los que recibió el Premio Nobel de la Literatura y de la Paz, respectivamente; entre las playas del amor y los frentes de batalla, la historia y el infinito; su poesía, encendida por las multitudes, le ganó las más altas distinciones y estuvo a pocos pasos de llevarlo a la presidencia de la República de Chile.

Enamorado de la vida, de las causas de los oprimidos y de muchas geografías, Pablo Neruda, poeta del amor y la libertad, representa y sintetiza todo el vigor y las contradicciones de un mundo agreste y renovado, a la vez muy reciente y muy antiguo: América del Sur.

> Antes de la peluca y la casaca
> fueron los ríos, ríos arteriales:
> fueron las cordilleras, en cuya onda raída
> el cóndor o la nieve parecían inmóviles:
> fue la humedad y la espesura, el trueno
> sin nombre todavía, las pampas planetarias.
> El hombre tierra fue, vasija, párpado
> del barro trémulo, forma de la arcilla,
> fue cántaro caribe, piedra chibcha,
> copa imperial o sílice araucana.

El amor fue siempre uno de sus grandes temas. Si al cumplir los 19 escribó *Veinte poemas de amor y una canción desesperada*, hacia los 60 años publicaría *Cien sonetos de amor*. El poema 15 siempre fresco y delicado hace soñar desde hace medio siglo a los adolescentes:

> Me gustas cuando callas porque estás como ausente,
> y me oyes desde lejos, y mi voz no te toca.
> Parece que los ojos se te hubieran volado
> y parece que un beso te cerrara la boca.

Dedicado de por vida a la poesía, publicó su primer libro a los 17 años y aún después de su muerte sus poemarios continuaron apareciendo. Sus versos de imágenes brillantes, sin afectaciones ni rebuscamientos, deslumbran por su sencillez:

> Escribo para el pueblo, aunque no pueda
> leer mi poesía con sus ojos rurales.

De Neftalí Reyes a Pablo Neruda

La verdad es que Pablo Neruda no se llama Pablo, ni se apellida Neruda. Hijo de Rosa Basoalto y José del Carmen Reyes, el nombre con que fue registrado al nacer el 12 de julio de 1904, en Parral, Temuco, Chile, fue el de Neftalí Ricardo Reyes Basoalto que todavía entre 1917 y 1918 firmaba artículos y poemas en el diario *La Mañana* de Temuco y la revista *Corre-vuela* de Santiago. Después de ensayar varios seudónimos tomará el de Pablo Neruda, definitivamente, a partir de 1920.

Los primeros recuerdos de Neruda se relacionan con la imponente geografía chilena:

> Mi único personaje inolvidable fue la lluvia. La gran lluvia austral que cae como una catarata del Polo, desde los cielos del Cabo de Hornos hasta la frontera...Por las veredas, pisando en una piedra y otra, contra frío y lluvia, andábamos hacia el colegio. Los paraguas

se los llevaba el viento. Los impermeables eran caros, los guantes no me gustaban, los zapatos se empapaban. Siempre recordaré los calcetines mojados junto al brasero y muchos zapatos echando vapor, como pequeñas locomotoras.

Las trombas de agua formaban pequeños embalses que luego inundaban las poblaciones arrasando las sencillas viviendas de las gentes y frente por frente, encima de los árboles hacia la cordillera, el volcán Llaima con sus amenazantes fumarolas.

Temuco, la tierra de Neruda está al centro de Chile, en la parte misma hasta donde llegaron las avanzadas de la conquista española empujando a los indios araucanos:

> Temuco es una ciudad pionera, de esas ciudades sin pasado, pero con ferreterías. Como los indios no saben leer, las ferreterías ostentaban sus notables emblemas en las calles: un inmenso serrucho, una olla gigantesca, un candado ciclópeo, una cuchara antártica. Más allá, las zapaterías, una bota colosal.

El padre de Neruda era conductor de un tren lastrero de esos que echan piedrecillas entre riel y durmiente para impedir que las corrientes de agua no se lleven los carriles. El poeta no tiene ningún recuerdo de su madre porque doña Rosa murió, consumida por tuberculosis, unos días después que él naciera. Guarda, más bien, con añoranza y respeto la memoria de Trinidad Gandía, segunda esposa de su padre.

Niño de bosque y frontera, estación de ferrocarril y camino, desde muy pequeño se fue grabando en el alma el espíritu trashumante y aventurero:

> Mi infancia recorrió las estaciones: entre
> los rieles, los castillos de madera reciente,
> la casa sin ciudad, apenas protegida
> por reses y manzanos de perfume indecible
> fui yo, delgado niño cuya pálida forma
> se impregnaba de bosques vacíos y bodegas.

El símbolo de la casa no sólo es poético en Neruda. También en la vida real construyó con mucho amor dos casas, en Valparaíso y en Isla Negra, a las que bautizó como «La Sebastiana» y «La Chascona», rodeándolas de libros y bellísimos objetos marinos como buques dentro de botellas y proas de barco, caracolas o artesanías de todo el mundo...casas que al morir el poeta fueron saquedas por fascistas chilenos.

A partir de los seis años asistió al Liceo de Temuco, «un vasto caserón con salas destartaladas y subterráneos sombríos», del que mas bien recuerda un laboratorio de física al que no le permitían la entrada y una biblioteca siempre cerrada. Los primeros libros que leyó fueron de aventuras, «las hazañas de Búfallo Bill», los viajes de Emilio Salgari y las historias de Sandokán, aunque también declara: «no me gusta Búfallo Bill porque mata a los indios».

En el fondo de un viejo baúl, Neruda encontró la primera novela de amor que lo «apasionó»:

> Eran centenares de tarjetas postales, enviadas por alguien que las firmaba no sé si Enrique o Alberto y todas estaban dirigidas a María Thielman. Estas tarjetas eran maravillosas...fui leyendo aquellos mensajes de amor escritos en una perfecta caligrafía. Siempre me imaginé que el galán aquel era un hombre de sombrero hongo, de bastón y brillante en la corbata. Pero aquellas líneas eran de arrebatadora pasión. Estaban llenas de frases deslumbrantes, de audacia enamorada. Comencé yo también a enamorarme de María Thielman. A ella me la imaginaba como una desdeñosa actriz, coronada de perlas.

Jamás descubrió la identidad de los personajes, pero, como el mismo poeta reconoce, tanto la agreste pero bellísima frondosidad del bosque chileno y la naturaleza, como el amor, fueron la cantera de sus versos.

Una humilde maestra de pueblo, a la que Neruda le tenía cierto temor por su semblante adusto pero que luego al visitarla encontró amable y generosa, lo inició en la lectura de Tolstoi, Dostoievski y Chejov: «entraron en mi más profunda predilección. Siguen acompañándome», escribió el poeta. Esa maestra de Temuco con los años se hizo muy famosa por su poesía, se llama Gabriela Mistral, es chilena y también recibió el Premio Nobel de Literatura.

En el Liceo de Temuco, Neruda estudió hasta concluir el sexto año de humanidades en 1920. Ese año, en el concurso literario para el día de la primavera obtiene el primer premio. Es elegido presidente del Ateneo Literario del Liceo de Temuco y miembro de la directiva de la Asociación de Estudiantes de Cautín, anuncia que tiene en preparación dos libros de poemas: *Los cansancios inútiles* y *Las ínsulas extrañas* que luego serán parte de *Crepusculario*, su primer libro y, decide, adoptar para siempre el nombre de Pablo Neruda.

«Provisto de un baúl de hojalata...

... con el indispensable traje negro de poeta, delgadísimo y afilado como un cuchillo, entré en la tercera clase del tren nocturno que tardaba un día y una noche interminables en llegar a Santiago», ha escrito Neruda, recordando su salida de la provincia. En Santiago de Chile será el tímido pero notable peregrino de pensiones baratas, redacciones y amores adolescentes:

> La vida de aquellos años en la pensión de estudiante era de un hambre completa. Escribí mucho más que hasta entonces, pero comí mucho menos. Algunos poetas que conocí por aquellos días sucumbieron a causa de las dietas rigurosas de la pobreza.

El aprendizaje de la vida citadina para el poeta en ciernes fue constante y duro. Había cumplido los 16 años y, según propia confesión, era muy tímido; sin embargo, fue su angustia económica la desazón pero también el constante incentivo:

> Mi lluviosa torpeza, mi ensimismamiento prolongado duró más de lo necesario... muchacho reticente y solitario a quien se veía llegar y partir sin dar los buenos días ni despedirse. Fuera de que yo iba vestido con una larga capa española que me hacía semejar un espantapájaros. Nadie sospechaba que mi indumentaria era directamente producida por mi pobreza.

La capa española era un viejo capote paterno como las que algunos ferroviarios utilizan para amainar los rigores australes.
Muchos años después, Matilde Urrutia, la viuda del poeta escribe en *Mi vida junto a Pablo Neruda*:

Después de su muerte, me quedó mucho tiempo disponible. Se había ido ese niño tan grande, tan abundante... con enorme avidez, comencé a ir a la Biblioteca Nacional, buscando sus primeras colaboraciones enviadas a diarios y revistas de la época. Por mis manos pasó *La Mañana* de Temuco, junto a las revistas literarias *Correvuela* y *Claridad*. Esta última ya contenía algunos elementos de protesta juvenil. De esta recopilación nació el libro *El río invisible*, en el que aparece un niño triste, atormentado, al que le duelen los sufrimientos de los demás y sufre por todas aquellas injusticias palpables que le rodean. Ve tan de cerca la boca del hambre que no puede permanecer indiferente. El atraso roe a nuestros pueblos y la miseria muerde. Es en esa etapa de su vida cuando comienza su protesta escrita, actitud que no abandonará jamás. Su aspecto físico era débil, pero su palabra era de acero.

Claridad, órgano cultural de la Federación de Estudiantes de Chile estaba dirigido por Alberto Rojas Giménez y se editaba en Santiago y a Neruda le abrió sus páginas como colaborador desde cuando vivía en Temuco.

Crepusculario y *Veinte poemas de amor...*

Para publicar su primer libro, Neruda vendió sus muebles y empeñó el reloj que le obsequió su padre y hasta su negro traje de poeta; finalmente, algunos amigos, como el crítico chileno Hernán Díaz Arrieta, pusieron en manos del impresor las monedas que faltaban ante la contundente negativa a entregar el libro si no estaba cancelado. *Crepusculario*, apareció en 1923, bajo una notable influencia del mejor Modernismo pero con una manifiesta actitud romántica:

> Cierro, cierro los labios, pero en rosas tremantes
> se desata mi voz, como el agua en la fuente.
> Que si no son pomposas, que si no son fragantes,
> son las primeras rosas —hermano caminante—
> de mi desolado jardín adolescente.

Post-modernista y neo-romántico, *Crepusculario* se llama así porque Neruda escribió la mayoría de los poemas que lo integran

Tres etapas en la vida del poeta

1924

1948

Hacia 1970

frente a la ventana de su pensión de la calle Maruri al caer la tarde, cuando el cielo se incendiaba en bellísimos crepúsculos. Es un libro de temas amorosos pero en los que el concepto de amor no constituye un hecho permanente sino que para «ser bueno debe ser fugaz». El poeta con los años modificará esta conducta, típica de un adolescente.

En *Crepusculario* aparece uno de sus poemas más conocidos, «Farewell», que plantea una concepción novedosa y personal del amor, un amor como el viento, machista pero melancólico y sentimental:

> Amo el amor de los marineros
> que besan y se van.
> Dejan una promesa.
> No vuelven nunca más.
> ....
> Yo me voy. Estoy triste; pero siempre estoy triste.
> Vengo desde tus brazos. No sé a donde voy.
> ....
> Desde tu corazón me dice adiós un niño
> y yo le digo adiós.

En 1923 retorna a Temuco por una breve temporada y, al contemplar a media noche desde su ventana el cielo maravillosamente estrellado escribe el primero de una serie de poemas que trataban de unir al hombre, con la naturaleza y las fuerzas desconocidas, «una poesía epopéyica que se englobará con el gran misterio del universo y también con las posibilidades del hombre», confesaría más tarde. Sin embargo, Neruda encuentra un parecido de sus versos con los del uruguayo Sabat Ercasty y el proyecto del libro queda archivado hasta 1933 en que ve la luz con el nombre de *El hondero entusiasta*.

Neruda decide «cerrar la puerta» a una elocuencia que ya empezaba a pasar de moda, busca un estilo más simple pero contundente y el resultado es *Veinte poemas de amor y una canción desesperada*, uno de los libros más difundidos del poeta y que fue una especie de brevario de los enamorados jóvenes durante varias décadas.

Escribir por ejemplo: «La noche está estrellada,
y tiritan, azules, los astros, a lo lejos».

El viento de la noche gira en el cielo y canta.
....
porque en noches como ésta la tuve entre mis brazos,
mi alma no se contenta con haberla perdido.

Aunque éste sea el último dolor que ella me causa,
y éstos sean los últimos versos que yo le escribo.

El poeta ensimismado encuentra en el acto de la escritura un rito de fundación del amor y de la vida, nos descubre con nostalgia sus tristezas y localiza en la noche una aliada convencional de sombra aparente pero de gran luz interior.

«Y salí por los mares a los puertos»

La fascinación del mar, la cercanía con Santiago y el secreto encanto de Valparaíso con sus miles de peldaños de sus casas asentadas en las laderas de los cerros vecinos y la permanente amenaza de los temblores de Tierra tenían en Neruda un asiduo visitante. Eran la juventud y el espíritu marinero que se juntaban en el escritor que ya empezaba a destacarse con firmeza y la vieja idea americana de que para ser buen poeta no bastaba con usar melena larga, vestir de negro, ser delgado como un sarmiento y usar capa, había que escribir bien y... viajar a París porque era un tópico de aquellos tiempos decir que a los banquetes de la cultura los americanos llegaban con 20 años de retraso y muchas veces se perdían a medio camino.

Pero cómo llegar a Europa, si muchas veces para viajar de Santiago a Valparaíso, que está relativamente cerca, por falta de medios había que ir en tercera clase o esquivando al inspector de billetes. Pablo Neruda encontró una solución: viajaría como diplomático, con todos los gastos pagados, la solera de representar a un país extranjero y para un intelectual las inmejorables posibilidades de conocer y darse a conocer.

Hizo amistad con un presunto director del servicio consular de Chile, y que al final de la primera entrevista le dijo «Puede considerarse usted desde ya designado para un puesto en el exterior». Pero pasaron dos largos años para la insufrible impaciencia del poeta y el nombramiento no llegaba. Entonces, Neruda recurrió a un amigo suyo, miembro de una familia patricia chilena que también había sido embajador y que en el acto lo llevó hasta el Ministro de Relaciones Exteriores. El poeta salió del Ministerio, ese mismo día, con el nombramiento de cónsul en Rangún debajo del brazo.

Rangún es la capital de Birmania. Para llegar allí, en 1927, desde el puerto chileno de Valparaíso, se debía atravesar América del Sur, Europa y Asia. Acompañado de su amigo Álvaro Hinojosa viajaron hasta Buenos Aires por carretera y ferrocarril, luego la travesía marina tocó Montevideo, Río de Janeiro, Permambuco, Cabo Verde, Canarias y Lisboa. De nuevo en tren hasta Madrid, Barcelona, París, Marsella. Finalmente, en barco, atravesando el Mediterráneo, el Mar Rojo y un extraño itinerario hasta el Japón, China, Indochina, Singapur y Rangún.

En algunos lugares como Madrid, París, Shangai, Yokohama, Tokio y Singapur, por razones culturales pero en especial porque el dinero que debía recoger en los consulados no llegaba se vio obligado ha realizar largas escalas llenas de mil peripecias, ¿acabaron sus problemas en Rangún? No, nada de eso. En Rangún no había consulado y le ordenaron retornar a Chile, sin embargo, apareció a último momento la posibilidad de ocupar la oficina diplomática en Colombo, Ceilán, a más de dos mil kilómetros de distancia, en el sur de la India. Era 1928. Dos años después sería nombrado cónsul de Batavia, en Java, ya casi en Australia y en 1931 iría, con el mismo cargo, a Singapur, en Malasia.

Retorna a Chile en 1932 y al año siguiente aparecen *El hondero entusiasta* y *Residencia en la Tierra* (1925-1931). Parte a Buenos Aires como cónsul y en la casa de Pablo Rojas conoce al poeta español Federico García Lorca que también visitaba la capital argentina. Nombrado diplomático ante la República de España viaja a Barcelona en 1934 y en una memorable conferencia y recital poético García Lorca lo presenta en la Universidad de Madrid:

En actitud dialogante

Con García Lorca

En Madrid, 1936. Aparecen junto a Neruda: Miguel Hernández, Rafael Alberti, María Teresa León, Luis Buñuel, Federico García Lorca...

...la poesía de Pablo Neruda se levanta con un tono nunca igualado en América, de pasión, de ternura y sinceridad.

El gran poeta granadino, posiblemente, se refiere al inicial desconcierto que causó la publicación de la primera *Residencia en al Tierra*, puesto que las *Residencias* forman tres libros publicados entre 1933 y 1947 que, según el crítico chileno Jaime Concha fueron escritas en cuatro momentos definidos por la biografía del poeta.

Cuando en 1926, Neruda publicó *Tentativa del Hombre infinito*, poemario de 300 versos de vocación vanguardista, sin signos de puntuación, en donde la corriente de la conciencia fluye en una suerte de largo monólogo interior ya se insinúan síntomas de desorientación ante la vida, la propensión al naufragio y el caos. Estos elementos toman mayor cuerpo en el ciclo de las *Residencias*, donde la inestabilidad, el sentido apocalíptico y negativo de las cosas mueve la pluma del poeta. Es notable la influencia de sus días de aislamiento en el Oriente y sus crisis familiares y hasta con el lenguaje. Se cuenta que cuando residía en Birmania le pidió al poeta español Rafael Alberti que le enviara un diccionario porque tenía miedo de perder la ortografía.

> Sobrevivo en medio del mar,
> solo y tan locamente herido,
> tan solamente persistiendo,
> heridamente abandonado.
> ....
> No soy, no sirvo, no conozco a nadie,
> no tengo armas de mar ni de madera,
> no vivo en esta casa.

Algunos críticos dicen que las *Residencias* son surrealistas, descreídas y apocalípticas. Otros, encuentran en esa especie de autodestrucción, la más seria posibilidad de la supervivencia y alaban la fantasía y libertad del poeta.

«...Entre las mieses de España...»

Amigo entrañable de García Lorca, de Alberti, de León Felipe, de Miguel Hernández, de Gómez de la Serna y Manuel Altolaguirre;

prologuista de libros de Quevedo y el Conde de Villamediana; fundador de la revista de poesía *Caballo Verde* que desde Madrid difundía a los escritores de ambas márgenes del Océano y enconado defensor de la República, Pablo Neruda, rememorando su amor por la España de 1936, dice:

> Hoy, copa de mi amor, te nombro apenas,
> título de mis días, adorada,
> y en el espacio ocupas como el día
> toda la luz que tiene el universo.

Sobre García Lorca ha escrito: «...era el duende derrochador, la alegría centrífuga que recogía en su seno e irradiaba como un planeta la felicidad de vivir. Ingenuo y comediante, cósmico y provinciano, músico singular, espléndido mimo, espantadizo y supersticioso, radiante y gentil, era una especie de resumen de las edades de España, del florecimiento popular; un producto arábigo-andaluz que iluminaba y perfumaba como un jazminero toda la escena de aquella España».

En medio de una extraña premonición, cuando todavía Federico estaba vivo escribió una oda a García Lorca que tiene todo el aire doliente y enlutado de una elegía:

> Cuando vuelas vestido de durazno,
> cuando ríes con risa de arroz huracanado,
> cuando para cantar sacudes las arterias...

Pablo Neruda reside en el barrio de Argüelles del que hace memoria en *España en el corazón*, que vio la luz hacia 1937.

> Yo vivía en un barrio
> de Madrid, con campanas,
> con relojes, con árboles.
>
> Desde allí se veía
> el rostro seco de Castilla
> como un océano de cuero;
> Mi casa era llamada
> la casa de las flores, porque por todas partes
> estallaban geranios: era
> una bella casa
> con perros y chiquillos.

España en el corazón forma parte de la *Tercera residencia*, pero su diferencia con los versos surrealistas de las *Residencias* es sustancial. Neruda profundamente conmocionado por el estallido de la guerra entre los hijos de un mismo pueblo y la casi inmediata muerte de García Lorca encuentra la llave que abre su poesía al tema social, humano y solidario. Como si de pronto encontrara el buen camino, reflexiona sobre su estancia en España, la crudeza de la confrontación, la muerte esparcida, conmoviéndose de manera especial frente a los niños y al generoso presente que la dulce letanía de nombres de pueblos apuesta por una causa que el poeta también hace suya. «La guerra de España —afirma Neruda en sus *Memorias*— cambió mi poesía.»

> Y una mañana todo estaba ardiendo
> y una mañana las hogueras
> salían de la tierra
> devorando seres...
> ....
> Era el acongojado tiempo en que las mujeres
> llevaban una ausencia como un carbón terrible,
> y la muerte española, más ácida y aguda que otras muertes,
> llenaba los campos hasta entonces honrados por el trigo.

Enterado el gobierno chileno de las simpatías de Neruda por los republicanos lo destituyó del puesto consular. El poeta asumió con mayor entereza su posición. Dejó España y desde París publicó la revista *Los poetas del mundo defienden al pueblo español* y con César Vallejo funda un Grupo Hispanoamericano de Ayuda a España. El 10 de octubre de 1937 regresa a su país. *España en el corazón* se imprime en Chile, Argentina, Francia y en el mismo frente de combate en Barcelona.

En las elecciones generales de Chile gana el Frente Popular y el nuevo presidente de la república, Aguirre Cerda, nombra a Neruda como cónsul en París para la emigración española que a principios de 1939 se torna muy dramática. La guerra civil concluye y Neruda retorna a Chile. Por esos días, el poeta y crítico español Amado Alonso publica *Poesía y estilo de Pablo Neruda*, en Buenos Aires, considerado como el primer libro de ensayo sobre la obra del escritor

Arriba: Pablo Neruda, Matilde Urrutia y el escritor chileno Miguel Serrano, en la India

Abajo: con Matilde Urrutia, su musa y compañera de tantos años...

chileno y cuyos postulados son hasta nuestros días de gran vigencia y obligado punto de partida para los nuevos estudios.

El gran *Canto general*

En agosto de 1940, Neruda viaja a México. Nombrado cónsul general en ese país, permanece tres años tratando de conocerlo en su integridad, desde las esferas académicas como la Universidad Autónoma donde dicta conferencias y la Universidad de Michoacán que le concede el doctorado *honoris causa* hasta sus barrios populares y mercados pueblerinos porque en opinión del poeta: «México está en los mercados. No está en las guturales canciones de las películas, ni en la falsa charrería de bigote y pistola».

A México lleva Neruda una vieja ilusión: escribir un gran poema, muy personal y a la vez crítico del ambiente natural, social y humano de Chile que, en realidad escribe y cuando aparece en forma de libro se llama *Canto general de Chile*. Pero en México, el país de los aztecas, la visión del mundo americano crece y concibe un proyecto mucho más amplio. Viaja a Guatemala donde entabla gran amistad con Miguel Angel Asturias y se entera de las maravillas de la antigua civilización de los mayas, va a Cuba y a los Estados Unidos, encuentra que algunos de sus poemas se reproducen en carteles anunciadores y se exiben en las calles. Es Iberoamérica que el poeta intuía pero que acaba de descubrir y llega a la conclusión que esa América morena, en sus historias, sus gentes y geografías, forma en conjunto una epopeya todavía no escrita, que necesita de un gran canto hasta entonces no previsto por nadie. Renuncia en México a su cargo consular y al retornar a Chile a través de Panamá, Colombia y Perú, efectivamente, descubre el gran secreto: está en los orígenes de las viejas culturas, en las hondas raíces con las que antiguas civilizaciones se mantienen unidas a la tierra; toda la historia, epopeya y leyenda del «Nuevo Continente» que, en realidad, es milenario y mítico pero, también, profundamente realista y en permanente búsqueda de una auténtica libertad. En Perú visita Machu Picchu, la ciudad perdida de los incas y escribe:

Me sentí chileno, peruano, americano. Había encontrado en aquellas alturas difíciles, en aquellas ruinas gloriosas y dispersas, una profesión de fe para la continuación de mi canto.

Allí nació mi poema «Alturas de Machu Picchu».

Diez años tardaría en dar forma definitiva a esa gran epopeya americana y universal que es el *Canto general*, en el que se integran *Canto general de Chile* y *Alturas de Machu Picchu*.

Pero también el embrujo americano esconde pobreza. Hay muchos niños sin escuelas ni zapatos, hospitales sin medicina, casas hechas con cartones y latas viejas, muchos que comen mal y una sola vez al día, y hombres que gobiernan pensando en los intereses de unos pocos. Pablo Neruda asumió con toda seriedad este compromiso con los más necesitados y aceptó postular a una senaduría que el 4 de marzo de 1945 lo llevó al Parlamento Nacional. Gabriel González Videla fue elegido presidente por hombres como Neruda que confiaron en él, pero al poco tiempo se volvió contra sus propios electores. El poeta criticó su conducta y fue desaforado de su cargo de senador y duramente perseguido.

Durante el año que Neruda permaneció a salto de mata escribió gran parte de *Canto general*. Ese año, de 1949, viajó a Rusia a celebrar los 150 años de Pushkin, un gran escritor ruso, Neruda visitó, Hungría, Polonia y México. Sus poemas se editaron, ese año, en alemán, chino, danés, checoslovaco, francés, italiano, inglés y en varios países que tienen por lengua común el español.

Canto general es el poema más extenso escrito en Hispanoamérica y más que un canto, su dimensión y ambición totalizante de la historia, la geografía y la sociedad de América desde los tiempos fundacionales de las grandes culturas hasta nuestros días, hasta 1949, año en que Neruda concluye su redacción, lo convierte en un gran canto épico, en una epopeya con cerca de 15 mil versos.

Canto general aparece en una etapa crucial en la historia de los pueblos iberoamericanos produce muchos admiradores pero también algunos detractores a la obra nerudiana. Por su temática ha sido de gran influencia para los poetas de las décadas del 50 y el 60 y se ha convertido en uno de los libros más famosos y traducidos del poeta.

Si todos los ríos son dulces/ de dónde saca sal el mar?

Luego de *Canto general*, Neruda escribió *Las uvas y el viento*, que es un recuerdo de su forzado exilio cruzando los bosques de su país, la cordillera chileno-argentina y sus estancias en Europa, especialmente en Polonia, Italia, España y Hungría. Emotivo y nostálgico en sus recuerdos, exalta su credo político y a poetas como Miguel Hernández, Paul Eluard y Nazin Hikmet.

Entre 1954 y 1957 escribe su ciclo de odas integrado por *Odas elementales, Nuevas odas elementales*, y *Tercer libro de odas*. Las odas de Neruda son una mirada sencilla, casi «elemental» pero sutil, bella y sugerente del mundo, de las cosas que le rodean al hombre, de sus defectos, sentimientos y preferencias, como esta «Oda a la edad»:

> Yo no creo en la edad.
>
> Todos los viejos
> llevan
> en los ojos
> un niño,
> y los niños
> a veces
> nos observan
> como ancianos profundos.

Este mismo tono intimista de diálogo entre el yo y los seres que lo rodean, en un acercamiento a la naturaleza y a un humanismo social, lleno de imágenes sencillas también está presente en *Navegaciones y regresos, Las piedras de Chile, Arte de pájaros*, y, en buena parte de su último poemario, de publicación póstuma: *Libro de las preguntas*.

Cuando en 1952 termina el exilio de Neruda ya se ha convertido en uno de los poetas más famosos del mundo, asiste y organiza

CONSULADO GENERAL DE CHILE

Buenos Aires, 9 de Octubre de 1933.

Mi querida hermanita: En estos días te llegará un giro por cien pesos para que puedas ir como delegada a las Fiestas. Es parte de un premio que me dió el Ministerio de Educacion por mi labor en poesía. Otros cien he mandado a mis tías Basualto a Rancagua, están tan pobres .
También te mando por este correo un paquetón de revistas, ya que tegustó tanto la que te mandé antes . Van dos revistas para niños, que son para Raulito .
Sin novedad aquí. Abraza a los veteranos, Maruca me encarga saludarlos a todos ,

Perdona pero no tengo tiempo de escribirte mas.

Carta de Neruda a su hermana, desde Argentina, 1933

congresos por la paz y la cultura, recibe grandes distinciones, viaja por todo el mundo, sus libros se reproducen en muchos idiomas y en 1962 edita en 10 entregas a la revista *O Cruzeiro Internacional* sus memorias que en buena medida serán más tarde el libro *Confieso que he vivido* que aparecerá en 1974.

Al cumplir, en 1964, los 60 años de vida Neruda reflexiona sobre su poesía y publica *Cómo veo mi propia obra* que viene a ser una parte del criterio autobiográfico que había impregnado a varios libros suyos como *Estravagario, Cien sonetos de amor, Cantos ceremoniales, Plenos poderes, Memorial de Isla negra, Una casa en la arena, La barcarola, Las manos del día, Fin del mundo, Aún, Las piedras del cielo, Geografía infructuosa* y la mayoría de sus libros póstumos: *2000, Elegía, El mar y las campanas, El corazón amarillo, La rosa separada* y *Libro de preguntas.*

El Premio Nobel en 1971

El más alto galardón de las letras universales, el Premio Nobel, ha sido ganado hasta la fecha por cuatro escritores hispanoamericanos: Gabriela Mistral, Miguel Angel Asturias, Pablo Neruda y Gabriel García Márquez.

La verdad es que Neruda lo ganó cuando ya estaba perdiendo todas las ilusiones de ganarlo. La primera vez que fue nominado, en 1963, se hizo muchos proyectos...pero el premio no llegó y luego todos los años en octubre se hablaba de Neruda y los años pasaban desvaneciendo esperanzas: «La verdad es que todo escritor de este planeta llamado Tierra quiere alcanzar alguna vez el Premio Nobel, incluso los que no lo dicen y también los que lo niegan», escribió el poeta en sus *Memorias* y el 21 de octubre de 1971 el embajador sueco en París le comunicó que por fin lo había conseguido. Enfermo y convaleciente de una operación Neruda viajó a Estocolmo a recibir el galardón de manos del rey de Suecia en una imponente ceremonia transmitida en directo por televisión a muchos lugares del planeta y cuando concluyó el solemne acto en que se premió también a quienes trabajan por la paz, la ciencia, la medicina y la literatura, nuestro poeta escribió: «...yo encontré una risueña semejanza entre aquel desfile de eminentes laureados y un reparto de premios escolares en una pequeña ciudad de provincia».

Un año antes Salvador Allende había asumido la presidencia de Chile y Neruda, nombrado Embajador de su país en Francia, residía en París. En 1972 viaja a Estados Unidos invitado por el Pen Club y su enfermedad recrudece obligándole a renunciar a su cargo diplomático y retornar a Chile donde el pueblo lo recibe en la concentración más grande que se ha brindado a un poeta.

El 11 de septiembre de 1973 un golpe militar derroca al presidente Allende y doce días después, el 23 de septiembre, muere Pablo Neruda en Santiago de Chile, al día siguiente el mundo se conmueve ante la noticia, las casas del poeta son destruidas por adictos al nuevo régimen...pero como profetizó Neruda sus versos siguen palpitando libertad, amor y poesía:

> Yo no voy a morirme. Salgo ahora,
> en este día lleno de volcanes
> hacia la multitud, hacia la vida.

Isabel Córdova Rosas

Paris, 20 de Agosto, 1937.-

Mi queridisima hermanita, acabo de recibir tu carta de mi cumpleaños/La enfermedad de mama me llena de pena. Por suerte estoy por salir para Chile, me embarco el 28, es decir en una semana mas. Maruca se queda en Holanda con la niñita y con su familia hasta que sepamos cual va a ser mi destinacion.
No he recibido contestacion a dos cartas que les he enviado, talvez no les habran llegado.
Pero solo de palabra pdre contarles la terrible guerra española y tantas cosas que nos han pasado, ninguna carta seria bastante.
Muchos cariñosos saludos de Maruca y todo mi cariño para ti ypapa y todos

A mi mama nuestra gran ternura.

Hermanita: te ruego metas esta carta en un solo y la mandes a. Luis Enrique Délano, San Isidro 1068, Santiago. P.

Carta de Neruda a su hermana, desde París, 1937

CRONOLOGÍA

1904   Hijo de José del Carmen Reyes Morales y Rosa Basoalto, nace Neftalí Ricardo Reyes, que más tarde adoptaría el seudónimo de Pablo Neruda, el 12 de julio en Parral, Chile. Un mes más tarde muere su madre consumida por la tuberculosis.

1906   El padre se traslada a Temuco con Neftalí.

1910   Ingresa al liceo de Temuco. Allí estudia hasta terminar el sexto de humanidades en 1920.

1917   El 18 de julio aparece en el diario *La mañana* el primer artículo de Neftalí titulado «Entusiasmo y perseverancia».

1918   En la revista *Corre-Vuela* publica sus primeros poemas.

1919   Publica en revistas de Temuco, Chillán y Valdivia.

1920   Toma para siempre el nombre de Pablo Neruda. Primer premio en la Fiesta de Primavera de Temuco.

1921   Viaja a Santiago de Chile. Primer premio del concurso poético auspiciado por la Federación de Estudiantes con «La canción de la Fiesta».

1922   En *Los Tiempos* de Montevideo publica su primer poema fuera de su país. Participa en recitales.

1923   Ediciones Claridad publica *Crepusculario*, su primer libro. Hace crítica literaria.

1924   Primera edición de *Veinte poemas de amor y una canción desesperada*.

1925   Dirige la revista *Caballo de Bastos* y colabora con varias publicaciones de su país.

1926   Aparece *Tentativa del hombre infinito*, libro de poemas; las prosas *Anillos* y la novela corta *El habitante y su esperanza*.

1927	Nombrado cónsul honorario en Birmania, viaja a Rangún, vía Buenos Aires, Lisboa, Madrid, París, Marsella, Port-Said.
1928	Reside en Colombo, Ceilán, como Cónsul.
1929	Viaja a la India. En Calcuta participa en el Congreso Pan-Hindú y conoce a J. Nehru.
1930	Nombrado Cónsul en Batavia, Java. Se casa con María Antonieta Agenaar. Publica poemas en la *Revista de Occidente*.
1931	Es Cónsul en Singapur. Retorna a Chile al año siguiente.
1933	Publica los poemarios *El hondero entusiasta* y *Residencia en la tierra*. Es designado Cónsul en Buenos Aires y allí conoce a Federico García Lorca.
1934	Viaja como Cónsul a Barcelona. En Madrid nace su hija Malva Marina. García Lorca lo presenta en un recital poético en la universidad
1935	Viaja a Madrid como Cónsul. Se publica un *Homenaje a Pablo Neruda de los poetas españoles*. Neruda edita *Sonetos de la muerte* de Quevedo y *Poesías de Villamediana*. El poeta dirige la revista *Caballo verde para la poesía*.
1936	Se inicia la guerra civil española. Neruda destituído por su participación política. Viaja a París. Edita con Nancy Cunard la revista *Los poetas del mundo defienden al pueblo español*. Se divorcia de María Agenaar.
1937	Edita *España en el corazón*. Funda, con César Vallejo, el Grupo Hispanoamericano de ayuda a España.
1938	En Argentina y Chile reeditan sus obras. Dirige la revista *Aurora de Chile*.
1939	Viaja a Francia nombrado cónsul para la emigración española. Publica *Las furias y las penas*, que más tarde será parte de *Tercera Residencia*.
1940	Retorno a Chile. Amado Alonso publica el primer estudio global sobre sus versos: *Poesía y estilo de Pablo Neruda*. Viaja a México como cónsul.
1942	Pasa una temporada en Cuba. Muere su hija en Holanda.
1943	Visita los Estados Unidos. Retorna a Chile y recibe homenajes en Panamá, Colombia y Perú. Conoce Machu Picchu que aparece en *Canto General*.

1945 Es elegido Senador por Tarapacá y Antofagasta. Obtiene el Premio Nacional de Literatura. Se afilia al Partido Comunista de su país.
1946 Por sentencia judicial su nombre será Pablo Neruda
1947 Aparece *Tercera Residencia* en Buenos Aires.
1948 Se le retira la investidura de Senador. Desde la clandestinidad escribe fervorosamente.
1949 Cruza la cordillera hasta Argentina. Viaja a Rusia para conmemorar el 150 aniversario de Pushkin. Estancias en Polonia, Hungría y México.
1950 Con ilustraciones de Diego Rivera y Alfaro Siqueiros aparece el gran *Canto General*. Por su poema «Que despierte el leñador» recibe el Premio Internacional de la Paz. Visita Checoeslovaquia.
1951 Visitas, recitales y conferencias en Italia, Rusia, Checoeslovaquia, Alemania, Mongolia, China, Bulgaria, Hungría e Islandia.
1952 Reside en Italia. Aparece en edición no venal *Los versos del capitán*.
1953 Organiza el Congreso Continental de Cultura. Recibe el Premio Stalin de la Paz.
1954 Aparecen *Odas elementales* y *Las uvas y el viento*. Celebra sus 50 años con grandes homenajes.
1955 Dirige *La gaceta de Chile*. Publica *Viajes* en el que se recopilan sus conferencias.
1956 Aparecen *Nuevas odas elementales*.
1957 Losada de Argentina le publica sus *Obras completas*. Edita *Tercer libro de odas*.
1958 Sale *Estravagario*. Realiza campañas políticas.
1959 Publica *Navegaciones y regresos* y *Cien sonetos de amor*. Honores y condecoraciones en Venezuela.
1960 Picasso ilustra la edición francesa de «Toros». Visita los países del Este y, Roma, París y La Habana donde aparece *Canción de Gesta*.
1961 *Las piedras de Chile* y *Cantos ceremoniales* en Argentina.
1962 La revista brasileña *O Cruzeiro* edita sus memorias. Nuevo viaje por Europa y edición de *Plenos poderes*.

1963 Edición no venal en Italia de *Sumario*.
1964 En *Cómo veo mi propia obra*, Neruda reflexiona sobre su poesía al cumplir 60 años. Aparece *Memorial de Isla Negra*. Interviene en campañas políticas.
1965 Doctor *honoris causa* por la Universidad de Oxford, Inglaterra. Edita con Miguel Angel Asturias, *Comiendo en Hungría*. Forma parte del jurado que otorga a Rafael Alberti el Premio Lenin de la Paz, en Rusia.
1966 Recitales en ciudades norteamericanas. Asiste al congreso del PEN club. Visitas a México y a Perú. Condecoración con la Orden del Sol del Perú a pedido de Ciro Alegría. Salen *Arte de pájaros* y *La casa en la arena*.
1967 Estreno de *Fulgor y muerte de Joaquín Murrieta*. Viaja a Rusia, Francia, Inglaterra e Italia.
1969 Edita *Fin de mundo* y *Aún*. El Partido Comunista de Chile le designa como candidato a la Presidencia de la República recorre todo su país pero, finalmente, declina en favor de Salvador Allende.
1970 Aparecen en Buenos Aires *Las piedras del cielo* y *La espada encendida*. Allende ganas las elecciones y nombra a Neruda como su embajador en Francia.
1971 Premio Nobel de Literatura. Edición limitada de *La rosa separada*.
1972 Discurso de apertura del PEN club de Nueva York y denuncia del bloqueo norteamericano a Chile. Renuncia a la embajada de Francia por su quebranda salud.
1973 Edición de *Incitación al nixonicidio y alabanza de la revolución chilena* y *El mar y las campanas*. Cae Allende el 11 de septiembre y el 23 muere Neruda en una clínica de Santiago de Chile. Su casa de Santiago y de Isla Negra son saqueadas.

BIBLIOGRAFÍA BÁSICA SOBRE PABLO NERUDA

Aguirre, Margarita: *Genio y figura de Pablo Neruda*, Eudeba, Buenos Aires, 1964.
Alonso, Amado: *Poesía y estilo de Pablo Neruda*, Ed. Losada, Buenos Aires, 1964.
Camacho Guizado, Eduardo: *Pablo Neruda. Naturaleza, historia y poética*, Sociedad General Española de Librería, 1978.
Concha, Jaime: *Neruda 1904-1936*, Ed. Universitaria, Santiago de Chile, 1972.
Couste, Alberto: *Conocer Neruda y su obra*, Ed. Dopesa, Barcelona, 1979.
Flores, Ángel: *Aproximaciones a Pablo Neruda*, Ed. Ocnos, Barcelona, 1974.
Rivero, Eliana: *El gran amor de Pablo Neruda. Estudio crítico de su poesía*, Ed. Playor, Madrid, 1973.
Rodríguez Monegal, Emir: *El viajero inmóvil*, Ed. Laia, Barcelona, 1988.
Rosales, Luis: *La poesía de Neruda*, Editora Nacional, Madrid, 1978.
Sicard, Alain: *El pensamiento poético de Pablo Neruda*, Ed. Greco, Madrid, 1981.
Szmulewicz, Efraín: *Pablo Neruda, biografía emotiva*, Ed. Universitaria, Santiago de Chile, 1973.
Urrutia, Matilde: *Mi vida junto a Pablo Neruda*, Ed. Seix Barral, Barcelona, 1987.
Yanko, Aroní: *Pasión y abstracción en «Veinte poemas de amor» y «Una canción desesperada» de Pablo Neruda*, Editora Nacional, Madrid, 1980.

Pablo Neruda, rodeado de niños

ANTOLOGÍA

Crepusculario

ESTA IGLESIA NO TIENE

Esta iglesia no tiene lampadarios votivos,
no tiene candelabros ni ceras amarillas,
no necesita el alma de vitrales ojivos
para besar las hostias y rezar de rodillas.

El sermón sin inciensos es como una semilla
de carne y luz que cae temblando al surco vivo:
el Padre-Nuestro, rezo de la vida sencilla,
tiene un sabor de pan frutal y primitivo...

Tiene un sabor de pan. Oloroso pan prieto
que allá en la infancia blanca entregó su secreto
a toda alma fragante que lo quiso escuchar...

Y el Padre-Nuestro en medio de la noche se pierde,
corre desnudo sobre las heredades verdes
y todo estremecido se sumerge en el mar...

Farewell y los sollozos

FAREWELL

1

Desde el fondo de ti, y arrodillado,
un niño triste, como yo, nos mira.

Por esa vida que arderá en sus venas
tendrían que amarrarse nuestras vidas.

Por esas manos, hijas de tus manos,
tendrían que matar las manos mías.

Por sus ojos abiertos en la tierra
veré en los tuyos lágrimas un día.

2

Yo no lo quiero, Amada.

Para que nada nos amarre,
que no nos una nada.

Ni la palabra que aromó tu boca,
ni lo que no dijeron las palabras.

Ni la fiesta de amor que no tuvimos,
ni tus sollozos junto a la ventana.

3

(Amo el amor de los marineros
que besan y se van.

Dejan una promesa.
No vuelven nunca más.

En cada puerto una mujer espera:
los marineros besan y se van.

Una noche se acuestan con la muerte
en el lecho del mar.)

4

(Amo el amor que se reparte
en besos, lecho y pan.

Amor que puede ser eterno
y puede ser fugaz.

Amor que quiere libertarse
para volver a amar.

Amor divinizado que se acerca,
amor divinizado que se va.)

5

Ya no se encantarán mis ojos en tus ojos,
ya no se endulzarán junto a tí mi dolor.

Pero hacia donde vaya llevaré tu mirada
y hacia donde camines llevarás mi dolor.

Fui tuyo, fuiste mía. ¿Qué más? Juntos hicimos
un recodo en la ruta donde el amor pasó.

Fui tuyo, fuiste mía. Tú serás del que te ame,
del que corte en tu huerto lo que he sembrado yo.

Ya me voy. Estoy triste: pero siempre estoy triste.
Vengo desde tus brazos. No sé hacia dónde voy.

...Desde tu corazón me dice adiós un niño.
Y yo le digo adiós.

EL PADRE

Tierra de sembradura inculta y brava,
tierra en que no hay esteros ni caminos,
mi vida bajo el sol tiembla y se alarga.

Padre, tus ojos dulces nada pueden
como nada pudieron las estrellas
que me abrasan los ojos y las sienes

El mal de amor me enceguecíó la vista
y en la fontana dulce de mi sueño
se reflejó otra fuente estremecida.

Después...Pregunta a Dios por qué me dieron
lo que me dieron y por qué después
supe una soledad de tierra y cielo

Mira, mi juventud fue un brote puro
que se quedó sin estallar y pierde
su dulzura de sangres y jugos.

El sol que cae y cae eternamente
se cansó de besarla...Y el otoño.
Padre, tus ojos dulces nada pueden.

Escucharé en la noche tus palabras:
...niño, mi niño...
Y en la noche inmensa
seguiré con mis llagas y tus llagas.

HOY, QUE ES EL CUMPLEAÑOS DE MI HERMANA

Hoy, que es el cumpleaños de mi hermana, no tengo
nada que darle, nada. No tengo nada, hermana.
Todo lo que poseo siempre lo llevo lejos.
A veces hasta mi alma me parece lejana.

Pobre como una hoja amarilla de otoño
y cantor como un hilo de agua sobre una huerta:
los dolores, tú sabes cómo me caen todos
como al camino caen todas las hojas muertas.

Mis alegrías nunca las sabrás, hermanita,
y mi dolor es ése, no te las puedo dar:
vinieron como pájaros a posarse en mi vida,
una palabra dura las haría volar.

Pienso que también ellas me dejarán un día,
que me quedaré solo, como nunca lo estuve.
¡Tú lo sabes, hermana, la soledad me lleva
hacia el fin de la tierra como el viento a las nubes

Pero ¡para qué es esto de pensamientos tristes!
¡A ti menos que a nadie debe afligir mi voz!
Después de todo, nada de esto que digo existe...
¡No vayas a contárselo a mi madre, por Dios!

Uno no sabe como va hilvanando mentiras,
y uno dice por ellas, y ellas hablan por uno.
Piensa que tengo el alma toda llena de risas,
y no te engañarás, hermana, te lo juro.

Veinte poemas de amor y una canción desesperada

15

Me gustas cuando callas porque estás como ausente,
y me oyes desde lejos, y mi voz no te toca.
Parece que los ojos se te hubieran volado
y parece que un beso te cerrara la boca.

Como todas las cosas están llenas de mi alma
emerges de las cosas, llena del alma mía.
Mariposa de sueño, te pareces a mi alma,
y te pareces a la palabra melancolía.

Me gustas cuando callas y estás como distante.
Y estás como quejándote, mariposa en arrullo.
Y me oyes desde lejos, y mi voz no te alcanza:
déjame que me calle con el silencio tuyo.

Déjame que te hable también con tu silencio
claro como una lámpara, simple como un anillo!
Eres como la noche, callada y constelada.
Tu silencio es de estrella, tan lejano y sencillo.

Me gustas cuando callas porque estás como ausente.
Distante y dolorosa como si hubieras muerto.
Una palabra entonces, una sonrisa bastan.
Y estoy alegre, alegre de que no sea cierto.

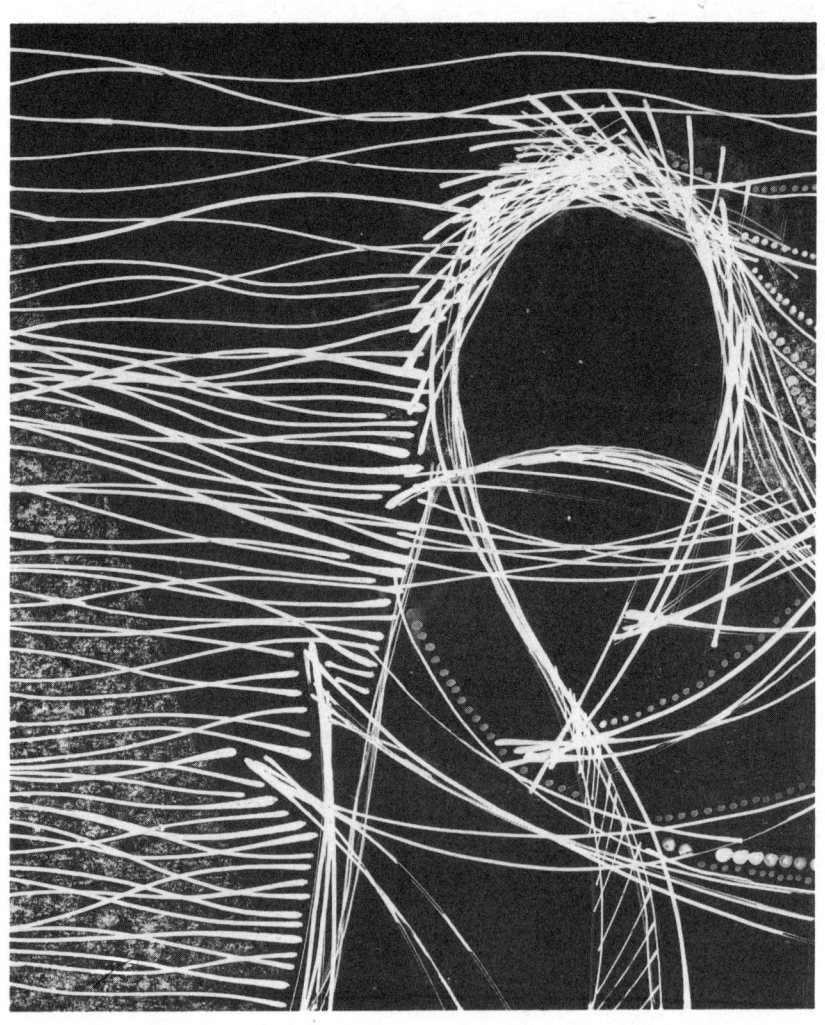

19

Niña morena y ágil, el sol que hace las frutas
el que cuaja los trigos, el que tuerce las algas,
hizo tu cuerpo alegre, tus luminosos ojos
y tu boca que tiene la sonrisa del agua.

Un sol negro y ansioso se te arrolla en las hebras
de la negra melena, cuando estiras los brazos.
Tú juegas con el sol como con un estero
y él te deja en los ojos dos oscuros remansos.

Niña morena y ágil, nada hacia ti me acerca.
Todo de ti me aleja, como del mediodía.
Eres la delirante juventud de la abeja,
la embriaguez de la ola, la fuerza de la espiga.

Mi corazón sombrío te busca, sin embargo,
y amo tu cuerpo alegre, tu voz suelta y delgada.
Mariposa morena dulce y definitiva
como el trigal y el sol, la amapola y el agua.

20

Puedo escribir los versos más tristes esta noche.

Escribir, por ejemplo: La noche está estrellada,
y tiritan, azules, los astros, a lo lejos.

El viento de la noche gira en el cielo y canta.

Puedo escribir los versos más tristes esta noche.
Yo la quise, y a veces ella también me quiso.

En las noches como ésta la tuve entre mis brazos.
La besé tantas veces bajo el cielo infinito.

Ella me quiso, a veces yo también la quería.
Cómo no haber amado sus grandes ojos fijos.

Puedo escribir los versos más tristes esta noche.
Pensar que no la tengo. Sentir que la he perdido.

Oir la noche inmensa, más inmensa sin ella.
Y el verso cae al alma como al pasto el rocío.

Qué importa que mi amor no pudiera guardarla.
La noche está estrellada y ella no está conmigo.

Eso es todo. A lo lejos alguien canta. A lo lejos.
Mi alma no se contenta con haberla perdido.

Como para acercarla mi mirada la busca.
Mi corazón la busca, y ella no está conmigo.

La misma noche que hace blanquear los mismos árboles.
Nosotros, los de entonces, ya no somos los mismos.

Ya no la quiero, es cierto, pero cuánto la quise.
Mi voz buscaba el viento para tocar su oído.

De otro. Será de otro. Como antes de mis besos.
Su voz, su cuerpo claro. Sus ojos infinitos.

Ya no la quiero, es cierto, pero tal vez la quiero.
Es tan corto el amor, y es tan largo el olvido.

Porque en noches como ésta la tuve entre mis brazos,
mi alma no se contenta con haberla perdido.

Aunque éste sea el último dolor que ella me causa,
y éstos sean los últimos versos que yo le escribo.

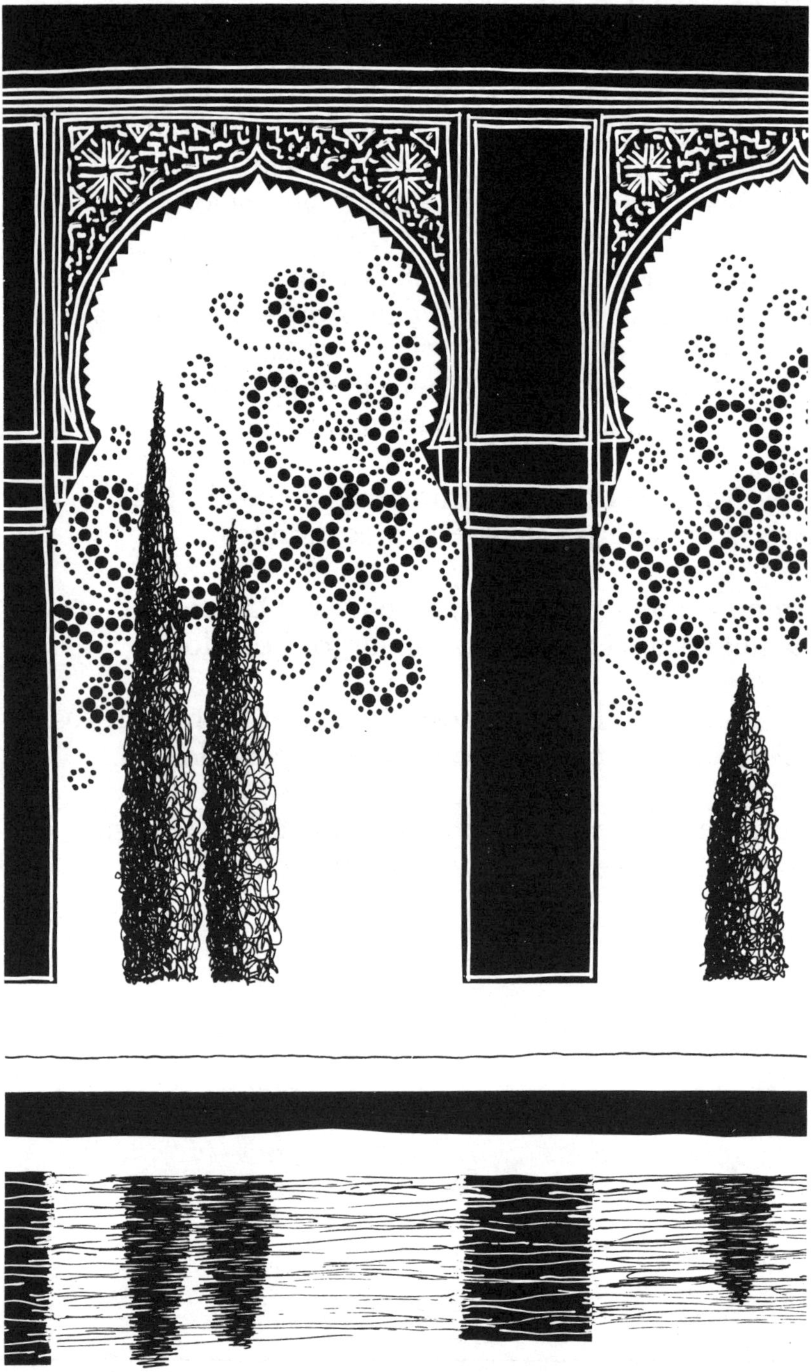

Residencia en la tierra

ODA A FEDERICO GARCIA LORCA

Si pudiera llorar de miedo en una casa sola,
si pudiera sacarme los ojos y comérmelos,
lo haría por tu voz de naranjo enlutado
y por tu poesía que sale dando gritos.

Porque por ti pintan de azul los hospitales
y crecen las escuelas y los barrios marítimos,
y se pueblan de plumas los ángeles heridos,
y se cubren de escamas los pescados nupciales,
y van volando al cielo los erizos;
por ti las sastrerías con sus negras membranas
se llenan de cucharas y de sangre
y tragan cintas rotas, y se matan a besos,
y se visten de blanco.

Cuando vuelas vestido de durazno,
cuando ríes con risa de arroz huracanado,
cuando para cantar sacudes las arterias y los dientes,
la garganta y los dedos,
me moriría por lo dulce que eres,

me moriría por los lagos rojos
en donde en medio del otoño vives
con un corcel caído y un dios ensangrentado,
me moriría por los cementerios
que como cenicientos ríos pasan
con agua y tumbas,
de noche, entre campanas ahogadas:
ríos espesos como dormitorios
de soldados enfermos, que de súbito crecen
hacia la muerte en ríos con números de mármol
y coronas podridas, y aceites funerales:
me moriría por verte de noche
mirar pasar las cruces anegadas,
de pie llorando,
porque ante el río de la muerte lloras
abandonadamente, heridamente,
lloras llorando, con los ojos llenos
de lágrimas, de lágrimas, de lágrimas.

Si pudiera llenar de hollín las alcaldías
y, sollozando, derribar relojes,
sería para ver cuándo a tu casa
llega el verano con los labios rotos,
llegan muchas personas de traje agonizante,
llegan regiones de triste esplendor,
llegan arados muertos y amapolas,
llegan enterradores y jinetes,
llegan planetas y mapas con sangre,
llegan buzos cubiertos de ceniza,
llegan enmascarados arrastrando doncellas
atravesadas por grandes cuchillos,
llegan raíces, venas, hospitales,
manantiales, hormigas,
llega la noche con la cama en donde

muere entre las arañas un húsar solitario,
llega una rosa de odio y alfileres,
llega una embarcación amarillenta,
llega un día de viento con un niño,
llego yo con Oliverio, Norah,
Vicente Aleixandre, Delia,
Maruca, Malva Marina, María Luisa y Larco,
la Rubia, Rafael Ugarte,
Cotapos, Rafael Alberti,
Carlos, Bebé, Manolo Altolaguirre,
Molinari,
Rosales, Concha Méndez,
y otros que se me olvidan.
Ven a que te corone, joven de la salud
y de la mariposa, joven puro
como un negro relámpago perpetuamente libre,
y conversando entre nosotros,
ahora, cuando no queda nadie entre las rocas,
hablemos sencillamente como eres tú y soy yo:
para qué sirven los versos si no es para el rocío?

Para qué sirven los versos si no es para esa noche
en que un puñal amargo nos averigua, para ese día,
para ese crepúsculo, para es rincón roto
donde el golpeado corazón del hombre se dispone a morir?

Sobre todo de noche,
de noche may muchas estrellas,
todas dentro de un río
como una cinta junto a las ventanas
de las casas llenas de pobres gentes.

Alguien se les ha muerto, tal vez
han perdido sus colocaciones en las oficinas,

en los hospitales, en los ascensores,
en las minas,
sufren los seres tercamente heridos
y hay propósito y llanto en todas partes:
mientras las estrellas corren dentro de un río interminable
hay mucho llanto en las ventanas,
los umbrales están gastados por el llanto,
las alcobas están mojadas por el llanto
que llega en forma de ola a morder las alfombras.

Federico,
tú ves el mundo, las calles,
el vinagre,
las despedidas en las estaciones
cuando el humo levanta sus ruedas decisivas
hacia donde no hay nada sino algunas
separaciones, piedras, vías férreas.

Hay tantas gentes haciendo preguntas
por todas partes.
Hay el ciego sangriento, y el iracundo, y el desanimado,
y el miserable, el árbol de las uñas,
el bandolero con la envidia a cuestas.

Así es la vida, Federico, aquí tienes
las cosas que te puede ofrecer mi amistad
de melancólico varón varonil.
Ya sabes por ti mismo muchas cosas.
Y otras irás sabiendo lentamente.

ÁNGELA ADÓNICA

Hoy me he tendido junto a una joven pura,
como a la orilla de un océano blanco,
como en el centro de una ardiente estrella
de lento espacio.

De su mirada largamente verde
la luz caía como un agua seca,
en transparentes y profundos círculos
de fresca fuerza.

Su pecho como un fuego de dos llamas
ardía en dos regiones levantado,
y en doble río llegaba a sus pies,
grandes y claros.

Un clima de oro maduraba apenas
las diurnas longitudes de su cuerpo
llenándolo de frutas extendidas
y oculto fuego.

Canto General

AMOR AMÉRICA (1400)

I

Antes de la peluca y la casaca
fueron los ríos, ríos arteriales:
fueron las cordilleras, en cuya onda raída
el cóndor y la nieve parecían inmóviles:
fue la humedad y la espesura, el trueno
sin nombre todavía, las pampas planetarias.

El hombre tierra fue, vasija, párpado
del barro trémulo, forma de la arcilla,
fue cántaro caribe, piedra o chibcha,
copa imperial o sílice araucana.
Tierno y sangriento fue, pero en la empuñadura
de su arma de cristal humedecida,
las iniciales de la tierra estaban
escritas.
Nadie pudo
recordarlas después: el viento
las olvidó, el idioma del agua
fue enterrado, las claves se perdieron
o se inundaron de silencio o sangre.

No se perdió la vida, hermanos pastorales.
Pero como una rosa salvaje,
cayó una gota roja en la espesura
y se apagó una lámpara de tierra.

Yo estoy aquí para contar la historia.
Desde la paz del búfalo
hasta las azotadas arenas
de la tierra final, en las espumas
acumuladas de la luz antártica,
y por las madrigueras despeñadas
de la sombría paz venezolana,
te busqué, padre mío,
joven guerrero de tiniebla y cobre,
oh tú, planta nupcial, cabellera indomable,
madre caimán, metálica paloma.

Yo, incásico del légamo,
toqué la piedra y dije:
¿Quién
me espera? Y apreté la mano
sobre un puñado de cristal vacío.
Pero anduve entre flores zapotecas
y dulce era la luz como un venado,
y era la sombra como un párpado verde.

Tierra mía sin nombre, sin América,
estambre equinoccial, lanza de púrpura,
tu aroma me trepó por las raíces
hasta la copa que bebía, hasta la más delgada
palabra aún no nacida de mi boca.

VEGETACIONES

(Fragmento)

En la fertilidad crecía el tiempo.

El jacarandá elevaba espuma
hecha de resplandores transmarinos,
la araucaria de lanzas erizadas
era la magnitud contra la nieve,
el primordial árbol caoba
desde su copa destilaba sangre,
y al sur de los alerces,
el árbol trueno, el árbol rojo,
el árbol de la espina, el árbol caucho,
eran volumen terrenal, sonido,
eran territoriales existencias.

Un nuevo aroma propagado
llenaba, por los intersticios
de la tierra, las respiraciones
convertidas en humo y fragancia:
el tabaco silvestre alzaba
su rosal de aire imaginario.
Como una lanza terminada en fuego
apareció el maíz, y su estatura
se desgranó y nació de nuevo,

diseminó su harina, tuvo
muertos bajo sus raíces,
y luego, en su cuna, miró
crecer los dioses vegetales.
Arruga y extensión, diseminaba
la semilla del viento
sobre las plumas de la cordillera,
espesa luz de germen y pezones,
aurora ciega amamantaba
por los ungüentos terrenales
de la implacable latitud lluviosa,
de las cerradas noches manantiales,
de las cisternas matutinas.
Y aún en las llanuras
como láminas del planeta,
bajo un fresco pueblo de estrellas,
rey de la hierba, el ombú detenía
el aire libre, el vuelo rumoroso
y montaba la pampa sujetándola
con su ramal de riendas y raíces.

ALTURAS DE MACHU PICCHU

VI

Entonces en la escala de la tierra he subido
entre la atroz maraña de las selvas perdidas
hasta ti, Machu Picchu.
Alta ciudad de piedras escalares,
por fin morada del que lo terrestre
no escondió en las dormidas vestiduras.
En ti, como dos líneas paralelas,
la cuna del relámpago y del hombre
se mecían en un viento de espinas.

Madre de piedra, espuma de los cóndores.

Alto arrecife de la aurora humana.

Pala perdida en al primera arena.

Esta fue la morada, éste es el sitio:
aquí los anchos granos del maíz ascendieron
y bajaron de nuevo como granizo rojo.
Aquí la hebra dorada salió de la vicuña
a vestir los amores, los túmulos, las madres,
el rey, las oraciones, los guerreros.

Aquí los pies del hombre descansaron de noche
junto a los pies del águila, en las altas guaridas
carniceras, y en la aurora
pisaron con los pies del trueno la niebla enrarecida,
y tocaron las tierras y las piedras
hasta reconocerlas en la noche o la muerte.

Miro las vestiduras y las manos,
el vestigio del agua en la oquedad sonora,
la pared suavizada por el tacto de un rostro
que miró con mis ojos las lámparas terrestres,
que aceitó con mis manos las desaparecidas
maderas: porque todo, ropaje, piel, vasijas,
palabras, vino, panes,
se fue, cayó a la tierra.

Y el aire entró con dedos
de azahar sobre todos los dormidos:
mil años de aire, meses, semanas de aire,
de viento azul, de cordillera férrea,
que fueron como suaves huracanes de pasos
lustrando el solitario recinto de la piedra.

XII

Sube a nacer conmigo, hermano.

Dame la mano desde la profunda
zona de tu dolor diseminado.
No volverás del fondo de las rocas.
No volverás del tiempo subterráneo.
No volverá tu voz endurecida.

No volverán tus ojos taladrados.
Mírame desde el fondo de la tierra,
labrador, tejedor, pastor callado:
domador de guanacos tutelares:
albañil del andamio desafiado:
aguador de las lágrimas andinas:
joyero de los dedos machacados: agricultor temblando en la
semilla: alfarero en tu greda derramado: traed a la copa de
esta nueva vida
vuestros viejos dolores enterrados.
Mostradme vuestra sangre y vuestro surco,
decidme: aquí fui castigado,
porque la joya no brilló o la tierra
no entregó a tiempo la piedra o el grano:
señaladme la piedra en que caísteis
y la madera en que os crucificaron,
encendedme los viejos pedernales,
las viejas lámparas, los látigos pegados
a través de los siglos en las llagas
y las hachas de brillo ensangrentado.
Yo vengo a hablar por vuestra boca muerta.
A través de la tierra juntad todos
los silenciosos labios derramados
y desde el fondo habladme toda esta larga noche
como si yo estuviera con vosotros anclado,
contadme todo, cadena a cadena,
eslabón a eslabón, y paso a paso,
afilad los cuchillos que guardasteis,
ponedlos en mi pecho y en mi mano,
como un río de rayos amarillos,
como un río de tigres enterrados,
y dejadme llorar, horas, días, años,
edades ciegas, siglos estelares.

Dadme el silencio, el agua, la esperanza.

Dadme la lucha, el hierro, los volcanes.

Apagadme los cuerpos como imanes.

Acudid a mis venas y a mi boca.

Hablad por mis palabras y mi sangre.

DIPLOMÁTICOS (1948)

(Fragmento)

Si usted nace tonto en Rumania
sigue la carrera de tonto,
si usted es tonto en Avignon
su calidad es conocida
por las viejas piedras de Francia,
por las escuelas y los chicos
irrespetuosos de las granjas.
Pero si usted nace tonto en Chile
pronto lo harán Embajador.

Llámese usted tonto Megano,
tonto Joaquín Fernández, tonto
Fulano de Tal, si es posible
tenga una barba acrisolada.
Es todo cuanto se le exige
para «entablar negociaciones».

Informará después, sabihondo,
sobre su espectacular
presentación de credenciales,
diciendo: *Etc, la carroza,
etc., Su excelencia, etc.,
frases, etc., benévolas.*

HIMNO Y REGRESO (1939)

Patria, mi patria, vuelvo hacia ti la sangre.
Pero te lo pido, como a la madre el niño
lleno de llanto.
Acoge
esta guitarra ciega
y esta frente perdida.
Salí a encontrarte hijos por la tierra,
salí a cuidar caídos con tu nombre de nieve,
salí a hacer una casa con tu madera pura,
salí a llevar tu estrella a los héroes heridos.
Ahora quiero dormir en tu substancia.
Dame tu clara noche de penetrantes cuerdas,
tu noche de navío, tu estatura estrellada.

Patria mía: quiero mudar de sombra.

Patria mía: quiero cambiar de rosa.
Quiero poner mi brazo en tu cintura exigua
y sentarme en tus piedras por el mar calcinadas,
a detener el trigo y mirarlo por dentro.

Voy a escoger la flora delgada del nitrato,
voy a hilar el estambre glacial de la campana,
y mirando tu ilustre y solitaria espuma
un ramo litoral tejeré a tu belleza.

Patria, mi patria
toda rodeada de agua combatiente
y nieve combatida,
y en ti se junta el águila al azufre,
y en tu antártica mano de armiño y de zafiro
una gota de pura luz humana
brilla encendiendo el enemigo cielo.

Guarda tu luz, ¡oh patria!, mantén
tu dura espiga de esperanza en medio
del ciego aire temible.
En tu remota tierra ha caído toda esta luz difícil,
este destino de los hombres
que te hace defender una flor misteriosa
sola, en la inmensidad de América dormida.

EL MAESTRO HUERTA
(De la mina «La Despreciada», Antofagasta)

Cuando usted vaya al Norte, señor,
vaya a la mina «La Despreciada»,
y pregunte por el maestro Huerta.
Desde lejos no verá nada,
sino los grises arenales.
Luego, verá las estructuras,
el andarivel, los desmontes.
Las fatigas, los sufrimientos
no se ven, están bajo tierra
moviéndose, rompiendo seres,
o bien descansan, extendidos,
transformándose silenciosos.
Era «picano» el maestro Huerta.
Medía 1.95 metros.
Los picanos son los que rompen
el terreno hacia el desnivel,
cuando la veta se rebaja.
500 metros abajo,
con el agua hasta la cintura,
el picano pica que pica.
No sale del infierno sino
cada cuarenta y ocho horas,
hasta que las perforadoras
en la roca, en la oscuridad,

en el barro, dejan la pulpa
por donde camina la mina.
El maestro Huerta, gran picano,
parecía que llenaba el pique
con sus espaldas. Entraba
cantando como un capitán.
Salía agrietado, amarillo,
corcovado, reseco, y sus ojos
miraban como los de un muerto.
Después se arrastró por la mina.
Ya no pudo bajar al pique.
El antimonio le comió las tripas.
Enflaqueció, que daba miedo.
Pero no podía andar.
Las piernas las tenía picadas
como por puntas, y como era
tan alto, parecía
como un fantasma hambriento
pidiendo sin pedir, usted sabe.
No tenía treinta años cumplidos.
Pregunte dónde está enterrado.
Nadie se lo podrá decir,
porque la arena y el viento derriban
y entierran las cruces, más tarde.
Es arriba, en la «Despreciada»,
donde trabajó el maestro Huerta.

A RAFAEL ALBERTI.
(Puerto de Santa María, España)

R<small>AFAEL</small>, antes de llegar a España me salió al camino
tu poesía, rosa literal, racimo biselado,
y ella hasta ahora no para mí un recuerdo
sino luz olorosa, emanación de un mundo.

A tu tierra reseca por la crueldad trajiste
el rocío que el tiempo había olvidado,
y España despertó contigo en la cintura,
otra vez coronada de aljófar matutino.

Recordarás lo que yo traía: sueños despedazados
por implacables ácidos, permanencias
en aguas desterradas, en silencios
de donde las raíces amargas emergían
como palos quemados en el bosque.
Cómo puedo olvidar, Rafael, aquel tiempo?.

A tu país llegué como quien cae
a una luna de piedra, hallando en todas partes
águilas del erial, secas espinas,
pero tu voz allí, marinero, esperaba
para darme la bienvenida y la fragancia
del alhelí, la miel de los frutos marinos.

Y tu poesía estaba en la mesa, desnuda.

Los pinares del Sur, las razas de la uva
dieron a tu diamante cortado sus resinas,
y al tocar tan hermosa claridad, mucha sombra
de la que traje al mundo, se deshizo.
Arquitectura hecha en la luz, como los pétalos,
a través de tus versos de embriagador aroma,
yo vi el agua de antaño, la nieve hereditaria,
y a ti más que a ninguno debo España.
Con tus dedos toqué panal y páramo,
conocí las orillas gastadas por el pueblo
como por un océano, y las gradas
en que la poesía fue estrellando
toda su vestidura de zafiros.

Tú sabes que no enseña sino el hermano. Y en esa
hora no sólo aquello me enseñaste,
no sólo la apagada pompa de nuestra estirpe,
sino la rectitud de tu destino,
y cuando una vez más llegó la sangre a España
defendí el patrimonio del pueblo que era mío.

Ya sabes tú, ya sabe todo el mundo estas cosas.
Yo quiero solamente estar contigo,
y hoy que te falta la mitad de la vida,
tu tierra, a la que tienes más derecho que un árbol,
hoy que de las desdichas de la patria no sólo
el luto del que amamos, sino tu ausencia cubren
la herencia del olivo que devoran los lobos,
te quiero dar, ay!, si pudiera, hermano grande,
la estrellada alegría que tú me diste entonces.

Entre nosotros dos la poesía
se toca como piel celeste,
y contigo me gusta recoger un racimo,
este témpano, aquella raíz de las tinieblas.

La envidia que abre puertas en los seres
no pudo abrir tu puerta ni la mía. Es hermoso
como cuando la cólera del viento
desencadena su vestido afuera
y están el pan, el vino y el fuego con nosotros,
dejar que aúlle el vendedor de furia,
dejar que silbe el que pasó entre tus pies,
y levantar la copa llena de ámbar
con todo el tiro de la transparencia.

Alguien quiere olvidar que tú eres el primero?
Déjalo que navegue y encontrará tu rostro.
Alguien quiere enterrarnos precipitadamente?
Está bien, pero tiene la obligación del vuelo.

Vendrán, pero quién puede sacudir la cosecha
que con la mano del otoño fue elevada
hasta teñir el mundo con el temblor del vino?

Dame esa copa, hermano, y escucha; estoy rodeado
de mi América húmeda y torrencial, a veces
pierdo el silencio, pierdo la corola nocturna,
y me rodea el odio, tal vez nada, el vacío
de un vacío, el crepúsculo
de un perro, de una rana,
y entonces siento que tanta tierra mía nos separe,
y quiero irme a tu casa en que, yo sé, me esperas,
sólo para ser buenos como sólo nosotros
podemos serlo. No debemos nada.

Y a ti sí que te deben, y es una patria: espera.

Volverás, volveremos. Quiero contigo un día
en tus riberas ir embriagados de oro
hacia tus puertos, puertos del Sur que entonces no alcancé.
Me mostrarás el mar donde sardinas
y aceitunas disputan las arenas,
y aquellos campos de los toros de ojos verdes
que Villalón (amigo que tampoco
me vino a ver, porque estaba enterrado)
tenía, y los toneles del jerez, catedrales
en cuyos corazones gongorinos
arde el topacio con pálido fuego.

Iremos, Rafael, adonde yace
aquel que con sus manos y las tuyas
la cintura de España sostenía.
El muerto que no pudo morir, aquel a quien tú guardas,
porque sólo tu existencia lo defiende.

Allí está Federico, pero hay muchos que, hundidos, enterrados,
entre las cordilleras españolas, caídos
injustamente, derramados
perdido cereal en las montañas,
son nuestros, y nosotros estamos en su arcilla.

Tú vives porque fuiste un dios milagroso.
A nadie más que a ti te buscaron, querían
devorarte los lobos, romper tu poderío.
Cada uno quería ser gusano en tu muerte.

Pues bien, se equivocaron. Es tal vez la estructura
de tu canción, intacta transparencia,
armada decisión de tu dulzura,
dureza, fortaleza delicada,
la que salvó tu amor para la tierra.

Yo iré contigo para probar el agua
del Genil, del dominio que me diste,
a mirar en la plata que navega
las efigies dormidas que fundaron
las sílabas azules de tu canto.

Entraremos también en las herrerías; ahora
el metal de los pueblos allí espera
nacer en los cuchillos: pasaremos cantando
junto a las redes rojas que mueve el firmamento.
Cuchillos, redes, cantos borrarán los dolores.
Tu pueblo llevará con las manos quemadas
por la pólvora, como laurel de las praderas,
lo que tu amor fue desgranando en la desdicha.

Sí, de nuestros destierros nace la flor, la forma
de la patria que el pueblo reconquista con truenos,
y no es un día solo el que elabora
la miel perdida, la verdad del sueño,
sino cada raíz que se hace canto
hasta poblar el mundo con sus hojas.

Tú estás allí, no hay nada que no mueva
la luna diamantina que dejaste:

la soledad, el viento en los rincones,
todo toca tu puro territorio,
y los últimos muertos, los que caen

en la prisión, leones fusilados,
y los de las guerrillas, capitanes
del corazón, están humedeciendo
tu propia investidura cristalina,
tu propio corazón con sus raíces.

Ha pasado el tiempo desde aquellos días en que compartimos
dolores que dejaron una herida radiante,
el caballos de la guerra que con sus herraduras
atropelló la aldea destrozando los vidrios.
Todo aquello nació bajo la pólvora,
todo aquello te aguarda para elevar la espiga,
y en ese nacimiento te envolverán de nuevo
el humo y la ternura de aquellos duros días.

Ancha es la piel de España y en ella tu acicate
vive como una espada de ilustre empuñadura,
y no hay olvido, no hay invierno que te borre,
hermano fulgurante, de los labios del pueblo.
Así te hablo, olvidando tal vez una palabra,
contestando al fin cartas que no recuerdas
y que cuando los climas del Este me cubrieron
como aroma escarlata, llegaron
hasta mi soledad.
Que tu frente dorada
encuentre en esta carta un día de otro tiempo,
y otro tiempo de un día que vendrá.
Me despido
hoy, 1948, dieciséis de diciembre
en algún punto de América en que canto.

Las uvas y el viento

TU RISA

Quítame el pan, si quieres.
Quítame el aire, pero
no me quites tu risa.

No me quites la rosa,
la lanza que desgranas,
el agua que de pronto
estalla en tu alegría,
la repentina ola
de plata que te nace.

Mi lucha es dura y vuelvo
con los ojos cansados
a veces de haber visto
la tierra que no cambia,
pero al entrar tu risa
sube al cielo buscándome
y abre para mí todas
las puertas de la vida.

Amor mío, en la hora
más oscura desgrana
tu risa, y si de pronto

ves que mi sangre mancha
las piedras de la calle,
ríe, porque tu risa
será para mis manos
como una espada fresca.

Junto al mar en otoño,
tu risa debe alzar
su cascada de espuma,
y en primavera, amor,
quiero tu risa como
la flor que yo esperaba,
la flor azul, la rosa
de mi patria sonora.

Ríete de la noche,
del día, de la luna,
ríete de las calles
torcidas de la isla,
ríete de este torpe
muchacho que te quiere,
pero cuando yo abro
los ojos y los cierro,
cuando mis pasos van,
cuando vuelven mis pasos,
niégame el pan, el aire,
la luz, la primavera,
pero tu risa nunca
porque me moriría.

LA POBREZA

Ay no quieres,
te asusta
la pobreza,

no quieres
ir con zapatos rotos al mercado
y volver con el viejo vestido.

Amor, no amamos,
como quieren los ricos,
la miseria. Nosotros
la extirparemos como diente maligno
que hasta ahora ha mordido el corazón del hombre.

Pero no quiero
que la temas.
Si llega por mi culpa a tu morada,
si la pobreza expulsa
tus zapatos dorados,
que no expulse tu risa que es el pan de mi vida.

Si no puedes pagar el alquiler
sal al trabajo con paso orgulloso,
y piensa, amor, que yo te estoy mirando
y somos juntos la mayor riqueza
que jamás se reunió sobre la tierra.

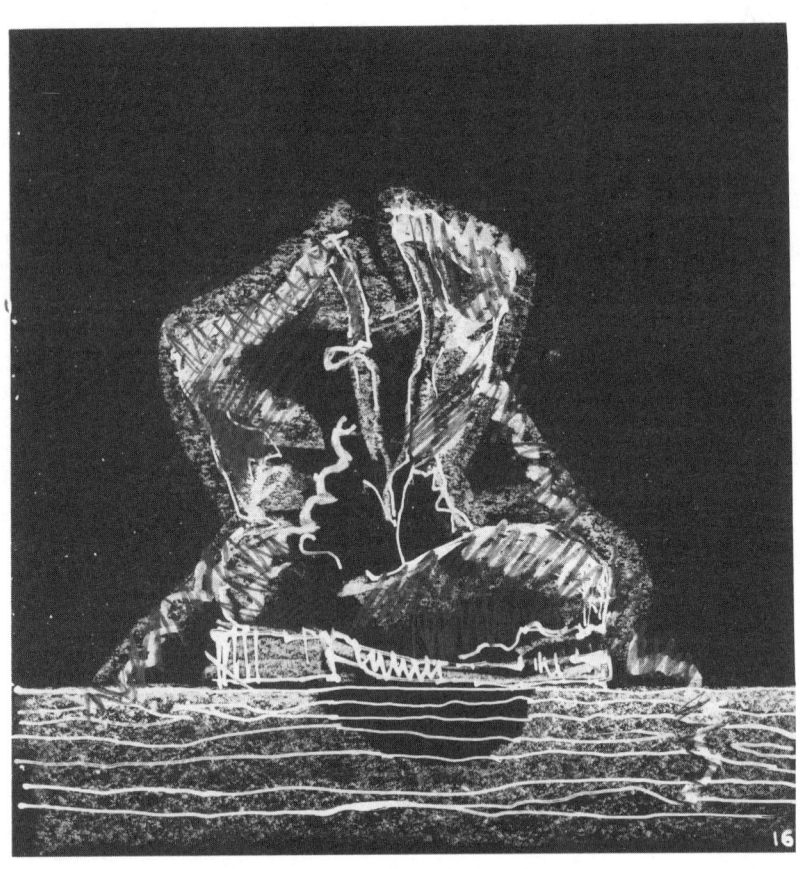

Nuevas Odas elementales

ODA AL JABÓN

Acercando
el
jabón
hasta mi cara
su cándida fragancia
me enajena.
No sé
de donde vienes,
aroma,
¿de la provincia
vienes?
¿De mi prima?
¿De la ropa en la artesa
entre las manos
estrelladas de frío?
¿De las lilas
aquellas,
ay, de aquéllas?
¿De los ojos
de María campestre?
¿De las ciruelas verdes

en la rama?
¿De la cancha de fútbol
y del baño
bajo los
temblorosos
sauces?
¿Hueles a enramada,
a dulce amor o a torta
de onomástico? ¿Hueles
a corazón mojado?

¿Qué me traes,
jabón,
a las narices
de pronto
en la mañana
antes de entrar al agua
matutina
y salir por las calles
entre hombres abrumados
por sus mercaderías?
¿Qué olor de pueblo
lejos,
qué flor
de enaguas,
miel de muchachas silvestres?
¿O tal vez
es el viejo
olvidado
olor del almacén
de ultramarinos
y abarrotes,
los blancos lienzos fuertes

entre las manos de los campesinos,
el espesor
feliz
de la chancanca,
o el aparador de la casa
de mis tíos
un clavel rojo
como un rayo rojo,
como una flecha roja?

¿Es eso
tu agudo
olor
a tienda
barata, a colonia
inolvidable, de peluquería,
a la provincia pura,
al agua limpia?
Eso
eres,
jabón, delicia pura,
aroma transitorio
que resbala
y naufraga como un
pescado ciego
en la profundidad de la bañera.

Estravagario

¿DÓNDE ESTARÁ LA GUILLERMINA?

Dónde estará la Guillermina?

Cuando mi hermana la invitó
y yo salí a abrirle la puerta,
entró el sol, entraron estrellas,
entraron dos trenzas de trigo
y dos ojos interminables.

Yo tenía catorce años
y era orgullosamente oscuro,
delgado, ceñido y fruncido,
funeral y ceremonioso:
yo vivía con las arañas,
humedecido por el bosque,
me conocían los coleópteros
y las abejas tricolores,
yo dormía con las perdices
sumergido bajo la menta.

Entonces entró la Guillermina
con dos relámpagos azules
que me atravesaron el pelo
y me clavaron como espadas
contra los muros del invierno.
Esto sucedió en Temuco.
Allá en el sur, en la frontera.

Han pasado lentos los años
pisando como paquidermos,
ladrando como zorros locos,
han pasado impuros los años
crecientes, raídos, mortuorios,
y yo anduve de nube en nube,
de tierra en tierra, de ojo en ojo,
mientras la lluvia en la frontera
caía, conel mismo traje.

Mi corazón ha caminado
con intransferibles zapatos,
y he digerido las espinas:
no tuve tregua donde estuve:
donde yo pegué me pegaron,
donde me mataron caí
y resucité con frescura,
y luego y luego y luego y luego,
es tan largo contar las cosas.

No tengo nada que añadir.

Vine a vivir en este mundo

¿Dónde estará la Guillermina?

ODA AL GATO

(Fragmento)

Los animales fueron
imperfectos,
largos de cola, tristes
de cabeza.
Poco a poco se fueron
componiendo,
haciéndose paisaje,
adquiriendo lunares, gracia, vuelo.
El gato,
sólo el gato
apareció completo
y orgulloso:
nació completamente terminado,
camina solo y sabe lo que quiere.

El hombre quiere ser pesacador y pájaro,
la serpiente quisiera tener alas,
el perro es un león desorientado,
el ingeniero quiere ser poeta,
la mosca estudia para golondrina,
el poeta trata de imitar a la mosca,
pero el gato
quiere ser sólo gato

y todo gato es gato
desde bigote a cola,
desde presentimiento a rata viva,
desde la noche hasta sus ojos de oro.

Oh fiera independiente
de la casa, arrogante
vestigio de la noche,
perezoso, gimnástico
y ajeno,
profundísimo gato,
policía secreta
de las habitaciones,
insignia
de un
desaparecido terciopelo,
seguramente no hay
enigma
en tu manera,
tal vez no eres misterioso,
todo el mundo te sabe y perteneces
al habitante menos misterioso,
tal vez todos lo creen,
todos se creen dueños,
propietarios, tíos
de gatos, compañeros,
colegas,
discípulos o amigos
de su gato.

Yo no.
Yo no suscribo.
Yo no conozco al gato.

ODA A RAMÓN GÓMEZ DE LA SERNA

(Fragmento)

RAMÓN
está escondido,
vive en su gruta
como un oso de azúcar.
Sale sólo de noche
y trepa por las ramas
de la ciudad, recoge
castañas tricolores,
piñones erizados,
clavos de olor, peinetas de tormenta,
azafranados abanicos muertos,
ojos perdidos en las bocacalles,
y vuelve con su saco
hasta su madriguera trasandina
alfombrada con largas cabelleras
y orejas celestiales.

Vuelve lleno de miedo
al golpe de la puerta,
al ímpetu
espacial

de los aviones,
al frío que se cuela
desde España,
a las enredaderas, a los hombres,
a las banderas, a la ingeniería.
Tiene miedo de todo.
Allí en su cueva
reunió los alimentos
migratorios
y se nutre
de claridad sombría
y de naranjas.

Cien sonetos de amor

VIII

Si no fuera porque tus ojos tienen color de luna,
de día con arcilla, con trabajo, con fuego,
y aprisionada tienes la agilidad de aire,
si no fuera porque eres una semana de ámbar,

si no fuera porque eres el momento amarillo
en que el otoño sube por las enredaderas
y eres aún el pan que la luna fragante
elabora paseando su harina por el cielo,

¡oh bienamada, yo no te amaría!
en tu abrazo yo abrazo lo que existe,
la arena, el tiempo, el árbol de la lluvia,

y todo vive para que yo viva:
sin ir tan lejos puedo verlo todo:
veo en tu vida todo lo viviente.

XXV

Antes de amarte, amor, nada era mío;
vacilé por las calles y las cosas,
nada contaba ni tenía nombre:
el mundo era del aire que esperaba.

Yo conocí salones cenicientos,
túneles habitados por la luna,
hangares crueles que se despedían,
preguntas que insistían en la arena.

Todo estaba vacío, muerto y mudo,
caído, abandonado y decaído,
todo era inalienablemente ajeno,

todo era de los otros y de nadie,
hasta que tu belleza y tu pobreza
llenaron el otoño de regalos.

XXIX

Vienes de la pobreza de las casas de Sur,
de las regiones duras con frío y terremoto
que cuando hasta sus dioses rodaron a la muerte
nos dieron la lección de la vida en la greda.

Eres una caballito de greda negra, un beso
de barro oscuro, amapola de greda,
paloma del crepúsculo que voló en los caminos,
alcancía con lágrimas de nuestra pobre infancia.

Muchacha, has conservado tu corazón de pobre,
tus pies de pobre acostumbrados a las piedras,
tu boca que no siempre tuvo pan o delicia.

Eres del pobre Sur, de donde viene mi alma:
en su cielo tu madre sigue lavando ropa
con mi madre. Por eso te escogí, compañera.

XLIV

Sabrás que no te amo y que te amo
puesto que de dos modos es la vida,
la palabra es un ala del silencio,
el fuego tiene una mitad de frío.

Yo te amo para comenzar a amarte,
para recomenzar el infinito
y para no dejar de amarte nunca:
por eso no te amo todavía.

Te amo y no te amo como si tuviera
en mis manos las llaves de la dicha
y un incierto destino desdichado.

Mi amor tiene dos vidas para amarte.
Por eso te amo cuando no te amo
y por eso te amo cuando te amo.

Las piedras de Chile

LOS TRES PATITOS

Hace mil
veces
mil
años
más uno
voló un patito claro
sobre el mar.
Fue a descubrir las islas.
Conversar quiso
con el abanico
de la palmera,
con las hojas
del plátano, comer
pepitas tricolores
de archipiélago,
entrar en matrimonio
y fundar
hemisferios poblados
por los patos.

En los silvestres manantiales
quiso
establecer lagunas
ennoblecidas por los asfodelos.
Se trataba sin duda
de un exótico pato
perdido
en medio
de los matorrales
espumosos de Chile.

Cuando
voló
como saeta
sus dos hermanos
lloraron
lágrimas
de piedra.
El las oyó
caer
en su vuelo,
en la mitad del círculo
del agua,
en el ombligo
central
del gran océano
y volvió.

Pero
sus hermanos
eran
ya
sólo
dos estatuas

oscuras
de granito,
pues
cada lágrima
los hizo piedra:
el llanto
sin medida
petrificó
el dolor
en monumento.
Entonces, el errante
arrepentido
arrebujó sus alas
y sus sueños,
durmió con sus
hermanos
y poco a poco el mar,
la sal,
el cielo,
detuvieron en él su escalofrío
hasta que fue también
pato de piedra.

Y ahora
como
tres
naves
navegan
tres patos
en el tiempo.

LA TORTUGA

La tortuga que
anduvo
tanto tiempo
y tanto vio
con
sus
antiguos
ojos,
la tortuga
que comió
aceitunas
del más profundo
mar,
la tortuga que nadó
siete siglos
y conoció
siete
mil
primaveras,
la tortuga
blindada
contra
el calor
y el frío,

contra
los rayos y las olas,
la tortuga
amarilla
y plateada,
con severos
lunares
ambarinos
y pies de rapiña,
la tortuga
se quedó
aquí
durmiendo,
y no lo sabe.

De tan vieja
se fue
poniendo dura,
dejó
de amar las olas
y fue rígida
como una plancha de planchar.
Cerró
los ojos que
tanto
mar, cielo, tiempo y tierra
desafiaron,
y se durmió
entre las otras
piedras.

HISTORIA

Para la piedra fue la sangre,
para la piedra el llanto,
la oración, el cortejo:
la piedra era el albedrío

Porque a sudor y a fuego hicieron
nacer los dioses de la piedra,
y luego creció San de la lluvia,
San Señor de las batallas,
para el maíz, para la tierra,
dioses pájaros, dioses serpientes,
fecundadores aciagos,
todos nacieron de la piedra:
América los levantó
con mil pequeñas manos de oro,
con ojos que ya se perdieron
borrados por sangre y olvido.

Pero mi patria era de luz,
iba y venía solo el hombre,
sin otros dioses que el trueno:

allí creció mi corazón:
yo vengo de la Araucanía.

Era vegetal y marina,
diurna como los colibríes,
colorada como un cangrejo,
verde como el agua en octubre,
plateada como el pejerrey,
montaraz como una perdiz,
y más delgada que una flecha:
era la tierra austral, mordida
por los grandes vientos del cielo,
por las estrellas del mar.

En Chile no nacen los dioses,
Chile es la patria de los cántaros.

Por eso en las rocas crecieron
brazos y bocas, pies y manos,
la piedra se hizo monumento:
lo cortó el frío, el mes de junio
le agregó pétalos y plumas
y luego el tiempo vino y vino,
se fue y se fue, volvió y volvió,
hasta que el más deshabitado,
el reino sin sangre y sin dioses,
se llenó de puras figuras:

la piedra iluminó mi patria
con sus estatuas naturales.

Memorial de Isla Negra

LA MAMADRE

La mamadre viene por ahí,
con zuecos de madera. Anoche
sopló el viento del polo, se rompieron
los tejados, se cayeron
los muros y los puentes,
aulló la noche entera con sus pumas,
y ahora, en la mañana
de sol helado, llega
mi mamadre, doña
Trinidad Marverde,
dulce como la tímida frescura
del sol en las regiones tempestuosas,
lamparita
menuda y apagándose,
encendiéndose
para que todos vean el camino.

Oh dulce mamadre
—nunca pude
decir madrastra—,
ahora
mi boca tiembla para definirte,

porque apenas
abrí el entendimiento
vi la bondad vestida de pobre trapo oscuro,
la santidad más útil:
la del agua y la harina,
y eso fuiste: la vida te hizo pan
y allí te consumimos,
invierno largo e invierno desolado
con las goteras dentro
de la casa
y tu humildad ubicua
desgranando
el áspero
cereal de la pobreza
como si hubiera ido
repartiendo
un río de diamantes.

Ay mamá, ¿cómo pude
vivir sin recordarte
cada minuto mío?
No es posible. Yo llevo
tu Marverde en mi sangre,
el apellido
del pan que se reparte,
de aquellas
dulces manos
que cortaron del saco de la harina
los calzoncillos de mi infancia,
de la que cocinó, planchó, lavó,
sembró, calmó la fiebre,
y cuando todo estuvo hecho,
y ya podía

yo sostenerme con los pies seguros,
se fue, cumplida, oscura,
al pequeño ataúd
donde por vez primera estuvo ociosa
bajo la dura lluvia de Temuco.

Arte de Pájaros

CHIRIGÜE

Ya no hay dudas, continuará
entre aire y hojas la verdura,
continuará tirando el trino:
llegó el sonoro delegado,
llegó, dejando caer
su mínimo peso amarillo
como un limon que desgranaba
entre vuelo y ala el rocío,
el agua errante que canta,
las circunstancias melodiosas.
Descendió planeando en el aire
y chisporroteaba su trino
como si fuera encendiendo,
como si fuera cayendo
y se sostuviera en la música.
Parece que hubiera bajado,
envuelto en polen, de la rama
y hubiera dejado fragante
el aire que siguió temblando
cuando trinó su desvarío
y sus noticias de cristal.

ZORZAL

Zorzal seguro en el jardín,
firme en los pies, ojo seguro,
oído que siente ondular
bajo la tierra las lombrices,
calzado como un caballero
con botas de piel amarilla
no necesita levantar
sus alas llenas de rocío
ni su plumaje de pimienta,
viaja por tierra y por la hierba
recorre el perfume de Chile,
el olor a trigales secos,
la sombra de las naranjas,
el aire verde de la menta
y cuando se siente agobiado
por tantos dones naturales
suspira el zorzal melancólico,
toma en sus alas la tristeza
con su guitarra vegetal
y grita con la voz del agua,
canta su líquida canción
como una gota o una uva
o una saeta que tembló
y sigue el zorzal su camino
pisando con delicadeza
el cuerpo fragante de Chile.

El mar y las campanas

YO ME LLAMABA REYES...

Yo me llamaba Reyes, Catrileo,
Arellano, Rodríguez, he olvidado
mis nombres verdaderos.
Nací con apellido
de robles viejos, de árboles recientes,
de madera silbante.
Yo fui depositado
en la hojarasca:
se hundió el recién nacido
en la derrota y en el nacimiento
de selvas que caían
y casas pobres que recién lloraban.
Yo no nací sino que me fundaron:
me pusieron todos los apellidos:
me llamé matorral, luego ciruelo,
alerce y luego trigo,
por eso soy tanto y tan poco,
tan multitud y tan desamparado,
porque vengo de abajo,
de la tierra.

Libro de las preguntas

Si he muerto y no me he dado cuenta
a quién le pregunto la hora?

De dónde saca tantas hojas
la primavera de Francia?

Dónde puede vivir un ciego
a quien persiguen las abejas?

Si se termina el amarillo
con qué vamos a hacer el pan?

Dime, la rosa está desnuda
o sólo tiene ese vestido?

Por qué los árboles esconden
el esplendor de sus raíces?

Quién oye los remordimientos
del automovil criminal?

Hay algo más triste en el mundo
que un tren inmóvil en la lluvia?

Qué cosa irrita a los volcanes
que escupen fuego, frío y furia?

Por qué Cristóbal Colón
no pudo descubrir a España?

Cuántas preguntas tiene un gato?

Las lágrimas que no se lloran
esperan en pequeños lagos?

O serán ríos invisibles
que corren hacia la tristeza?

Qué pensarán de mi sombrero,
en cien años más, los polacos?

Qué dirán de mi poesía
los que no tocaron mi sangre?

Cómo se mide la espuma
que resbala de la cerveza?

Qué hace una mosca encarcelada
en un soneto de Petrarca?

Y qué dijeron los rubíes
ante el jugo de las granadas?

Pero por qué no se convence
el Jueves de ir después del Viernes?

Quiénes gritaron de alegría
cuando nació el color azul?

Por qué se entristrece la tierra
cuando aparecen las violetas?

Amor, amor aquel y aquella,
si ya no son, dónde se fueron?

Ayer, ayer dije a mis ojos
cuándo volveremos a vernos?

Y cuando se muda el paisaje
son tus manos o son tus guantes?

Cuando canta el azul del agua
cómo huele el rumor del cielo?

El 4 es 4 para todos?
Son todos los sietes iguales?

Cuando el preso piensa en la luz
es la misma que te ilumina?

Has pensado de qué color
es el Abril de los enfermos?

Qué monarquía occidental
se embandera con amapolas?

Qué distancia en metros redondos
hay entre el sol y las naranjas?

Quién despierta al sol cuando duerme
sobre su cama abrasadora?

Canta la tierra como un grillo
entre la música celeste?

Verdad que es ancha la tristeza,
delgada la melancolía?

No será nuestra vida un túnel
entre dos vagas claridades?

O no será una claridad
entre dos triángulos oscuros?

O no será la vida un pez
preparado para ser pájaro?

La muerte será de no ser
o de sustancias peligrosas?

Y cómo se llama ese mes
que está entre Diciembre y Enero?

Con qué derecho numeraron
las doce uvas del racimo?

Por qué no nos dieron extensos
meses que duren todo el año?

No te engañó la primavera
con besos que no florecieron?

Quién me mandó desvencijar
las puertas de mi propio orgullo?

Y quién salió a vivir por mí
cuando dormía o enfermaba?

Qué bandera se desplegó
allí donde no me olvidaron?

Si todos los ríos son dulces
de dónde saca sal el mar?

Cómo saben las estaciones
que deben cambiar de camisa?

Por qué tan lentas en invierno
y tan palpitantes después?

Y cómo saben las raíces
que deben subir a la luz?

Y luego saludar al aire
con tantas flores y colores?

Siempre es la misma primavera
la que repite su papel?

Por qué no nací misterioso?
Por qué crecí sin compañía?

TESTAMENTO

Dejo mis viejos libros, recogidos
en rincones del mundo, venerados
en su tipografía majestuosa,
a los nuevos poetas de América,
a los que un día
hilarán en el ronco telar interrumpido
las significaciones de mañana.

Ellos habrán nacido cuando el agreste puño
de leñadores muertos y mineros
haya dado una vida innumerable
para limpiar la catedral torcida,
el grano desquiciado, el filamento
que enredó nuestras ávidas llanuras.
Toquen ellos infiernos, este pasado
que aplastó los diamantes, y defiendan
los mundos cereales de su canto,
lo que nació en el árbol del martirio.

Sobre los huesos de caciques, lejos
de nuestra herencia traicionada, en pleno
aire de pueblos que caminan solos,
ellos van a poblar el estatuto
de un largo sufrimiento victorioso.

Que amen como yo amé mi Manrique, mi Góngora,
mi Garcilaso, mi Quevedo:
fueron titánicos guardianes, armaduras
de platino y nevada transparencia,
que me enseñaron el rigor, y busquen
en mi Lautréamont viejos lamentos
entre pestilenciales agonías.
Que en Maiakovsky vean cómo ascendió la estrella
y cómo de sus rayos nacieron las espigas.

(De *Canto General*)

ÍNDICE

	Págs.
INTRODUCCIÓN	5
De Neftalí Reyes a Pablo Neruda	6
«Provisto de un baúl de hojalata»	9
Crepusculario y veinte poemas de amor	10
«Y salí por los mares a los puertos»	13
«Entre las mieses de España»	16
El gran *Canto general*	20
Si todos los ríos son dulces ¿de dónde saca sal el mar?	22
El Premio Nobel en 1971	24
CRONOLOGÍA	27
BIBLIOGRAFÍA BÁSICA SOBRE PABLO NERUDA	31
ANTOLOGÍA	33
Crepusculario	35
Esta iglesia no tiene	35
Farewell y los sollozos	37
Farewell	37
El padre	41
Hoy, que es el cumpleaños de mi hermana	43
Veinte poemas de amor y una canción desesperada	45
15	45
19	47
20	48
Residencia en la tierra	51
Oda a Federico García Lorca	51
Ángela adónica	55
Canto general	57
Amor América (1.400)	57

	Págs.

Vegetaciones (Fragmento) 59
Alturas de Machu Picchu 61
Diplomáticos (1948) (Fragmento) 66
    Himno y regreso (1939) 67
    El maestro Huerta 69
    A Rafael Alberti 71
Las uvas y el viento 79
    Tu risa 79
    La pobreza 81
Nuevas Odas elementales 83
    Oda al jabón 83
Estravagario 87
    ¿Dónde estará la Guillermina? 87
    Oda al gato (Fragmento) 89
    Oda a Ramón Gómez de la Serna (Fragmento) 92
Cien sonetos de amor 95
    VIII 95
    XXV 96
    XXIX 97
    XLIV 98
Las piedras de Chile 99
    Los tres patitos 99
    La tortuga 103
    Historia 105
Memorial de Isla Negra 107
    La mamadre 107
Arte de pájaros 111
    Chirigüe 111
    Zorzal 112
El mar y las campanas 113
    Yo me llamaba Reyes 113
Libro de las preguntas 115
Testamento (De *Canto general*) 121

ALBA Y MAYO

Colección pensada para despertar y estimular en el niño la necesidad y el placer de la lectura. Ediciones de bella presentación y riguroso contenido.

SERIE POESÍA

Reúne antologías, precedidas de una amplia introducción y completadas por numerosas fotografías, de los poetas Miguel Hernández, Antonio Machado, Federico García Lorca, Juan Ramón Jiménez, Rafael Alberti, León Felipe, Vicente Aleixandre, Jorge Guillén, Gabriel Celaya, Gerardo Diego, Dámaso Alonso, Blas de Otero, Romancero, Lope de Vega, José Bergamín, Pedro Salinas, Luis Cernuda, Manuel Machado, Góngora, Quevedo, Cancionero, Bécquer, Alfonso Castelao, Rosalía de Castro, M. Curros Enríquez, Celso Emilio Ferreiro y Claudio Rodríguez.

Dentro del objetivo editorial de reunir los máximos poetas de la lengua castellana, Ediciones de la Torre no podía prescindir de incluir en esta colección los más representativos poetas latinoamericanos, algunos de los cuales son verdaderos maestros de los poetas españoles de este siglo. Iniciamos esta nueva línea con:

DARÍO, Rubén: *Rubén Darío para niños*. Edición preparada por José Manuel Calderón. Ilustraciones de Rafael Contento, 125 págs.

NERUDA, Pablo: *Pablo Neruda para niños*. Edición preparada por Isabel Córdova. Ilustraciones de Álvaro La Rosa. 125 págs.

VALLEJO, César: *César Vallejo para niños*. Edición preparada por Carlos Villanes. Ilustraciones de José Luis Largo. 125 págs.

BORGES, Jorge Luis: *Jorge Luis Borges para niños*. Edición preparada por Blas Matamoro. Ilustraciones de Justo Barboza. 125 págs.

IBARBOUROU, Juana de: *Juana de Ibarbourou para niños*. Edición preparada por Soledad López. Ilustraciones de Victor Pirrongelli. 125 págs.

MISTRAL, Gabriela: *Gabriela Mistral para niños*. Edición preparada por Aurora Díaz Plaja. Ilustraciones de Arantxa Martínez. 125 págs.

CARDENAL, Ernesto: *Ernesto Cardenal para niños*. Edición preparada por Jesús Ángel Remacha. Ilustraciones de Carmen Sáez. 126 págs.

El libro es el mejor medio de comunicación del pensamiento humano.

Autor, traductor, editor, diseñador e ilustrador, impresor, distribuidor y librero, coordinan sus comocimientos y su trabajo hasta conseguir un producto agradable, económico y asequible para todo el mundo, de fácil circulación y conservación, de valor permanente y universal. Ningún otro medio de comunicación conocido hasta hoy reúne estas cualidades.

Las bibliotecas son el mejor depósito de la Cultura. Los profesionales de la Crítica y de la Enseñanza ayudan y orientan a los lectores sobre los libros más adecuados a sus necesidades.

La lectura es una necesidad y un placer y su extensión es garantía de progreso humano.

En suma, el libro es un instrumento social poderoso y de su contenido y la forma en que se produzca y distribuya depende que se utilice al servicio de unos u otros intereses. Por eso, el factor más importante del libro es el lector: sólo la existencia de éste hace posible la de las otras personas que intervienen en él y decide su orientación. Un lector crítico y exigente estimula la aparición y consolidación de buenos autores y asegura una producción editorial independiente y avanzada.

Invitamos a todos los lectores a comunicarse con cuantos han contribuido a la aparición de este libro, aportando todo tipo de sugerencias y críticas. Puede dirigir sus cartas a:

EDICIONES DE LA TORRE
Espronceda, 20
28003-Madrid